Biblioteca Era

Elena Poniatowska

Tlapalería

Elena Poniatowska

Tlapalería

Ediciones Era

Primera edición: mayo de 2003
Primera reimpresión: junio de 2003
ISBN: 968-411-564-4
DR © 2003, Ediciones Era, S. A. de C. V.
Calle del Trabajo 31, 14269 México, D. F.
Impreso y hecho en México
Printed and Made in Mexico

Este libro no puede ser fotocopiado o reproducido total o parcialmente,
por ningún medio o método, sin la autorización por escrito del editor.

*This book may not be reproduced, in wole or in part,
in any form, without written permissión from the publishers.*

www.edicionesera.com.mx

Índice

Tlapalería	9
Las pachecas	19
La banca	39
El corazón de la alcachofa	51
Los bufalitos	57
Chocolate	71
Coatlicue	87
Canarios	101

A Juan

Tlapalería
❖ ❖ ❖

Uno de los anaqueles es de botes de Vinílica Mate Marlux para interiores y exteriores, otro de rollos de papel del excusado Pétalo. La Virgen de Guadalupe tiene sus foquitos de colores. Los tornillos, las armellas, las bisagras resuenan bonito cada vez que el muchacho los busca en su cajón. El radio colocado sobre el mostrador de zinc, difunde a La Charrita del Cuadrante. El lazo de cuerda cercano a la cortina espera su caballo.

Sobre el mostrador se apoyan las manos, son manos que lo han resistido todo, manos geológicas, casi cósmicas, manos de pico y pala, de tubería, de agua, de lejía, manos de plomero, de albañil, de jardinero. Son manos cruciales que no le temen a la eternidad. Antes de entrar en servicio de nuevo, de volver a cargar, a restregar, a sembrar, descansan en el mostrador. Lo hacen con modestia, contrayéndose para no estorbar; que nadie les vaya a decir: "¡Quite de ahí esas manos!"

–Me da un litro de aguarrás.
–No me conviene comprar chiquito...
–Bueno, déme un cuarto de aguarrás... Es que donde yo vivo está muy oscuro.
–Un chiquito para la mesa.
–José Luis, ven acá, ven acá... Allá te va a agarrar el viejo del costal.
–En esta esquina se pasan sin fijarse.
–Déjalo, ya no le hables, ahorita me las va a pagar.
–Tan buena gente, don Seki, tan comedido. Cuando decía "La semana que entra se lo tengo", lo tenía.
–¿Por qué no pinta su cocina de amarillo?
–Es que es de mosaico amarillo y le quiero poner las puertas de blanco.
–Si donde yo vivo está rete oscuro.

—Me da una clavícula.

—Será clavija.

—Le pedí los clavos y me los dio sin cabeza...

—Ya ve que estuve busque y busque.

—Oiga ¿le pongo tíner para quitarle la pintura vieja?

—Éste es un buen negocio. La mercancía nunca se echa a perder, puede durar años. No es como la de un restaurante, un comedero, ya ve, tan desairado.

—Por esa oscuridad, me han dado ganas de cambiarme, pero ¿dónde?

—Mi nota, ya ve que siempre piden la nota.

—No es la primera vez, y ya hemos ido a la Delegación a exigir topes, pero se quedan como quien ve llover.

—No hay en ningún lado un removedor que le cueste sesenta pesos.

—No, al fin que es para la cocina, luego le pongo un plástico encima.

—Ya tendré para de hoy en ocho, sí, la semana que entra.

—¿Me da mi nota?

—De dos litros para que le convenga.

—Sí porque son, una, dos, tres, cuatro puertas.

—Señor, que si no me la cambia por una de a cuarenta.

—Un jalador para los pisos.

—Qué seguro de vida ni qué nada, no, qué iba a estar asegurado...

—Un abridor, no, más bien uno para refrescos. No, éste no, uno más sencillo.

—Antes las veladoras eran grandes, de vaso alto, ahora, ni sus luces.

—De esas que andan con coche de papi...

—¿Cuánto es?

—Cinco cincuenta.

—A ver, déjeme ver eso que tiene allá.

(La de pelo oxigenado mira a ver qué compra y recarga su vientre sobre el aparador dentro de sus apretados blue jeans.)

—Señor, que si no me da una nota de remisión, por favor.

—¿Me permite utilizar su teléfono?
—Sí cómo no.
—Nunca me pasaron para adentro. Cuentan, pero no me creas, que tenía sus lámparas blancas de papel de arroz.
—Mi teléfono murió hace un mes. Diario les hablo a Teléfonos de México.
—Allá en su isla, los niños, cuando van a atravesar la calle toman una banderita y la ondean y luego la dejan del otro lado en una canasta junto al poste. Por eso, a don Seki le daba tanto horror el crucero. Barbajanes, decía, barbajanes; bueno, en su idioma.
—¿No hay otra clase de estopa?
—La estopa es la estopa.
Un chaparrito vestido con overol azul marino: Garza Gas en letras blancas en la espalda, informa:
—Diario hay accidentes en esta esquina.
—Un empaque para agua caliente.
—Quién sabe por dónde se me meterá la humedad.
—Jovenazo, un favorsote grandote (blande un billete de quinientos pesos).
—Una lija para fierro, ésa de seis cincuenta está buena.
—Él la mantiene de cabo a rabo con todos los lujos.
—Me da dos sóquets —pide una niña que trae una moneda de diez pesos.
—¿Sóquets sencillos o con apagador?
—Con apagador... y dos focos de cien.
—Veía con el rabillo del ojo.
—No saben manejar y luego luego quieren correr.
—¿Que si no me la puede dar un poco más gruesecita?
—¿Me da una nota?
—¿Tiene Fab suelto? ¿A cómo el kilo?
—Veinticuatro cincuenta.
—Ay, ya subió. ¿Tiene jerga? ¿Cuánto vale?
—Dieciséis y dieciocho el metro.
—Déme la de dieciocho pero que sea roja, aquellita, la de la raya roja.
—Enloquecen con la fruta, la fruta allá es carísima, es un

verdadero lujo, allá es isla, isla chiquita, no les cabe nada. ¿Se imaginan un altero de sandías?

–No llegó el gas. Me la paso reportándolo y seguimos sin agua caliente.

–Se atravesó y por un pelito y lo mata; pero no sólo eso: después de esquivar el coche y pegarle sólo en el ala, vino a dar contra el aparador y la gente aquí parada y don Seki despachando, hágame el favor.

–Don Seki jamás habría confundido tornillos con chilillos.

–Nunca enfrenó, nunca enfrenó...

–Ellos tan cuidadosos, tan puntillosos, al fin budistas, cuando a don Seki le daba catarro, se ponía tapaboca, hágame favor, dizque pa' no contagiar.

–Lo bueno de ser tan alto.

–Si no se la lleva la policía, la linchan.

–¿Cómo sigue? Pero qué salvaje, chin...

–Y ¿qué le hicieron a la muchacha?

–Nada, nada.

–Pues que la metan al bote.

–Lo malo es que la soltaron desde el primer día.

–Un empaque como éste, es para una llave de cocina.

–Un tapón de hule.

–De esas que se van poniendo el rímmel en los altos...

–¿No tiene otros dos?

–Le escurría la sangre sobre la cara.

–Ni cuenta se dio de lo que había hecho. No hablaba, nomás le entró la temblorina.

–Agujetas de las más largas que tenga, me da cuatro por favor.

–Cuatro, éstas azul marinas no son largas.

–¿Las únicas? Sí, me da otras por favor, un par.

–No le gustaba que lo tocaran o lo abrazaran.

–No, si ellos limitan muy bien su espacio. Hasta aquí nomás...

–Don Seki allí tendido, sus ojitos abiertos, ya ve qué chiquitos eran, pues se le hicieron unos ojotones así, la sangre gruesa como pintura de aceite, todas las latas de Marlux habían rodado a la calle. Algunas las recogí y las vine a dejar, otras se las llevaron.

–No, Kótex aquí no vendemos, aquí no es farmacia.

–El destino sabrá cobrarle.

–Cuando la veas pónchale las llantas para que se dé en la torre.

–Me da mi notita, por favor.

–Té de chinos de la calle de Dolores, té verde, tuestan arroz así como palomitas, y ésas se las echan al té.

–Además de asesinado, robado.

–Sembró tres árboles de cereza, se le dieron capulines.

–¿Qué dice la Chata? Hace mucho que no la veo.

–Mi notita por favor.

–Nara, rumbo a Kyoto, Nara.

–Mira, chico perrote.

–Es San Bernardo, es de los que caminan en la nieve.

–Que siga mejor.

–Los pérsimos son de Persia.

–Se ha de comer como dos kilos de carne diarios.

–Más, como unos cinco.

–Unas frutas muy especiales.

–Se me tapa muy seguido el fregadero.

–La jerga me la corta a la mitad, luego de medio metro.

–Estos señores...

–Nos referimos al accidente ocurrido con fecha del 8 del presente al proyectarse sobre un negocio un automóvil causando daños a su mercancía.

–Ácido muriático.

–Como la mitad.

–Veneno.

–No le bombee.

–Son las doce.

–Una bomba.

–Ya no ha hecho cortos.

–No ya no.

–¿Cuánto es?

–Un cuartito de barniz marino.

—Hay maple y nogal.

—Considerando que la póliza expedida 218554 del ramo de Incendio sólo se contrató para cubrir los riesgos de Incendio, Rayo y Explosión, no quedan cubiertos los daños causados por vehículos en sus contenidos debiendo presentar su reclamación a quien haya resultado responsable de la colisión de vehículos.

—Él decía que para qué se había venido de allá porque desde su ventana podía ver el volcán. Aquí en verdad, nunca le gustó, extrañaba el calorcito.

—Stanhome, es la mejor.

—El aparador apenas lo pusieron, les salió en un ojo de la cara.

—No hay.

—Hasta el Clarasol subió.

—Total que el seguro siempre sale ganando.

—En esta ciudad ya no se puede conseguir un electricista.

—¿Me presta su teléfono para una llamada súper urgente?

—¿Qué onda?

—Yo a toda madre.

—Y ¿tú, qué onda?

—¡Ay qué buena onda!

—Vamos a ver cómo se pone esa onda.

—¿Cómo?

—¿Hola?

—Es a ti a quien se te va la onda gacho.

—¿Me oyes?

—Ésa sí que es una chava buena onda.

—¿Que qué?

—Qué padre, qué a toda madre.

—Ya es hora de que ése vaya agarrando la onda.

—Pinches teléfonos tan mala onda. ¿Hola?

—Seguimos con la misma costumbre de don Seki, el cliente es primero, todo para el cliente, el cliente siempre tiene la razón aunque no la tenga, por lo tanto aquí tiene su teléfono.

—Un cuarto de almidón, ahora ya no hay ni quien almidone la ropa, pero yo sí, sus camisas.

–Su viuda está inconsolable: era la señora de ojos bajos que a veces atendía la caja pero no le gustaba estar en la tienda, meterse en lo de su marido. Sus ojitos también jaladitos, siempre cerrados, cuentan que se los quería operar para no ser tan china o japonesa pero no me crea, sólo me lo contaron, ya no le gustaba ser tan china o japonesa.

–Chino, japonés, es igual.

–Don Seki iba a San Juan a comprar pescado fresco para hacer su suchi.

–¡Dígamelo a mí que no veo mi suerte desde que pasó a mejor vida! Siquiera no sufrió, fue instantáneo.

–Mire, déle una rociada con Baygón.

–¿Petróleo para desmanchar? No, aquí sólo quitamanchas. No, es mejor que el Carbona.

–Los domingos era otro hombre, muy otro.

–Dicen que en la trastienda encontraron revistas pornográficas.

–No hay.

–Un ranchito, Ojo de Agua, en Cuautla, así se llama, está bonito, bueno, más o menos; se da ciruela, manzana, pera, durazno, papa, mucha papa. Hay gran variedad de flores, a él le gustaba, mi mamá no quiere venderlo, pero nosotros, ¿cuándo vamos a ir si siempre estamos aquí metidos en el negocio? Él se emocionaba mucho con las verduras, un ejote lo ponía a llorar, un jitomate ni se diga, a las calabacitas las acariciaba.

–Ése nomás coge el dinero y corre, nunca lo vemos.

–En febrero salía a volar los papalotes y casi se iba con ellos, tan delgado. La gente se le juntaba porque su papalote era el más bonito, raro eso sí, muy raro, como de brujería. Daba miedo. Dicen que así son sus dioses, con esas caras achinadas, feas, bueno a mí no me gustan.

–Cómo no, los capulines sí dan flor, como los cerezos, una florecita blanca sin chiste.

–Nunca frenó.

–Una vasijita que era de su tatatarabuela, una como medio teterita de sake que así le llaman a su vino de arroz.

–No se le subía, a él lo único que se le subía eran sus papalotes, nadie los volaba como él, con sólo un jaloncito, se elevaban a las primeras, de papel de china los hacía y allá iban por el espacio, rasgándolo a puro zas y zas y zas cada vez más alto, haga de cuenta una escalera que va subiendo sesgadita, como ellos son chiquitos yo creo les gusta la altura, les soltaba un poco el mecate, luego el jalón y vámonos más para arriba, alrededor de él toda la gloria del cielo, él una sombrita nomás sobre la tierra.

–Un hombre muy livianito...

–Él era toda su vida.

–Dos metros de papel estraza para envolver.

–¿A cómo su alambre de ese delgado?

–Un pliego de papel manila para forrar.

–Ahora todas las cubetas son de plástico y ésas no me gustan.

–Una mariposota de papel pintada para niños, eso es.

–Un desarmador de cruz.

–Le aplaudían y él se agachaba hasta el suelo para dar las gracias.

–Me mareé de tanta comida, bueno, me puse pesada y roja como jitomate.

–¿El cable ese a cómo?

–Desde que murió esto no es como antes. Puro no hay y no hay y no hay. Él era muy soberbio. Cuándo hubiera aceptado un no hay, nunca de los nuncas. Se lo tengo mañana.

–Desde que él se les fue, se les descompone el radio, la luz, los conductos de agua; se les acabó el petróleo... Bueno, una cosa.

–Para sus hijos, su pasado no vale ni un recuerdo.

–Se vienen los meses de invierno.

–A mí también me dan ganas de hablar de mí mismo, a ellos no, nunca, no les gusta, no cuentan nada, uno porque se fija.

–En un estado de felicidad constante.

–No hay.

–¿Me da mi notita por favor?

–Unas chinches de colores como las gringas, una docena.

–Dicen que van a poner una pastelería.

–¿Un semáforo? Estaría bueno. Un semáforo y topes.

–Hay algunos así, tienen una como magnificencia, saben dar.

–De esos plumeros pintados son más alegres, ah, y una escoba pero no de plástico.

–Nunca nadie ha esperado nada de mí.

–¿De qué color quiere su papel de china?

–Don Seki fue de los que firmaron la solicitud para el semáforo, pero nunca lo vio, y ya ve, todavía no lo ponen.

–No lo vendemos por pieza, al mayoreo.

–Dentro de su casa andan descalzos, por respeto.

–Me gusta hablarme a solas, sola me platico, sola me acompaño.

–Son de esos relojes a los que no hay que darles cuerda y nunca se atrasan.

–Un kilo es demasiado, con medio me alcanza.

–Don Seki decía que cada cosa viene a su tiempo; no hay que apresurarse.

–A mí no me importan las cosas que he hecho, me importa lo de mañana.

–Nunca hay tiempo.

–No hay.

Las pachecas
❖ ❖ ❖

—Date un llegue, ñerita, así te alivianas. A ti no te vamos a dar carrilla, tú no eres chiva ni llorona.

Luisa se metía chemo. Flexeaba todo el día: sujetar el cuello de la bolsa con la mano izquierda, aspirar por la nariz, exhalar por la boca, hacer fuelle hacia abajo y hacia arriba con la mano derecha, cuidando de no romper la bolsa, pegar bien la nariz como queriendo introducir todo su rostro, tal vez toda su humanidad en el universo mínimo de polietileno y resistol. En blanco los ojos, se perdía extasiada; sonreían sus labios manchados de pegamento. Luego le hizo a la mona, era más fácil un trapito con tíner, bendito tíner, pero también más caro.

A los nueve años conoció el chemo en un lote baldío con la banda de la colonia La Bolsa, ese grupo de chavos a los que ella solía referirse como "los culeros del baldío". Que eso "chupa el cerebro" les decían a cada rato los de la Casa Alianza que iban a visitarlos, a la Dico, a Buenavista, a Taxqueña, a las coladeras de la Alameda Central.

No vivió menos perdida en el cuarto de azotea donde creció entre sus dos medios hermanos y la ausencia de su madre que salía de noche y dormía de día. Socorro los sacaba a la azotea para que no le hicieran ruido. Comían frijoles y tortillas que ella les dejaba encima de la estufita de gas; en ocasiones una gelatina y, en los grandes días, menudencias de pollo que saboreaban como un manjar. Las economías de Socorro eran impredecibles: un ramo de flores de plástico se entronizaba frente al altar arrinconado de la Virgen de Guadalupe, un perfume de Dior sobre la cómoda, una bolsa de piel de cocodrilo. Socorro misma era impredecible y los tenía flacos y enfebrecidos, tres rostros a la expectativa, tres rostros vueltos hacia la puerta, tres rostros pálidos en los que sólo brillaban unos grandes ojos de pobre.

A ellos, sin embargo, les iba mejor que a otros porque nunca se les había caído el techo encima, ni en época de lluvias. Olía a gas pero se habían acostumbrado. También la calle olía a gas y la avenida Oceanía y la colonia entera. Vivían de puertas para afuera, acechando el regreso de Socorro Bautista. ¡Qué bonito apellido, Bautista! Cuando Socorro traía algún amigo y lo pasaba al cuarto al que entonces llamaba "nidito de amor", se quedaban en la azotea. Alguna vez, un joven enamorado de traje y corbata –como lo exigía su trabajo de vendedor de puerta en puerta– le preguntó a Socorro:

–¿Es usted descendiente de San Juan Bautista?

–Sí, yo también soy santa.

De repente prendía el radio en la estación de cumbias y se ponía a bailar con Luisa, con Fermín el mayor y con Mateo, el más pequeño, sobre los altos tacones de sus zapatos de pulsera. Reían contentos, Luisa arrobada por la cintura de su madre, su esbeltez de hoja al viento, su cabello ondulado negrísimo que le llegaba a los hombros. Otras veces los hacía saltar sobre sus rodillas a las ocho de la mañana y les cantaba *La Cucaracha* en medio de carcajadas estridentes. Algún domingo los llevó al circo.

    Todo lo recordaba Luisa. Cuando tenía conciencia, Socorro aparecía en su memoria, en un parque, frente a unos niños que se reían de ella. Luisa la defendió a pedradas con una furia que espantó a los niños. Entonces Socorro la tomó entre sus brazos con un "gracias hija" que hizo que Luisa se sintiera su predilecta, la niña más feliz de toda la colonia La Bolsa.

Una noche, en la azotea, Luisa contaba las estrellas, el cuarto estaba cerrado, Socorro adentro. Se oían voces. Un hombre, con gesto feo en la cara, subió a la azotea.

–¿Qué haces allí, niña?

–Estoy esperando. Mi mamá atrancó la puerta.

El feo se sentó, la atenazó, la sentó a ella a horcajadas sobre sus rodillas, le jaloneó la ropa y le subió la falda. Luisa sintió algo que dolía mucho, algo que la hería muy dentro, en el pecho, en el vientre, y suplicó ronca: "No, no, suélteme, suélteme".

La soltó y como un ladrón bajó a la oscuridad de la que había subido. Cuando empezó a escurrir la sangre Luisa golpeó la puerta: "Mamá, mamá, ábreme". Socorro tardó en hacerlo; la niña le contó entre gritos lo que había pasado, el hombre adentro seguro escuchaba aquella voz infantil y entrecortada. Socorro respondió más para el hombre que para la criatura:

–Tú lo provocaste.

Entonces Luisa, al igual que el hombre de la noche, se fue a la calle. Nadie se dio cuenta de que se había vuelto adolescente, ni ella misma. En el baldío, acuclillados, subsistían, corrían cada vez que alguno gritaba: "¡Aguas, la chota!" Allá por Oceanía, la colonia La Bolsa, la Venustiano Carranza, la Moctezuma, la Gertrudis Sánchez, el reino de las fábricas de jabones y de aceites, de tornillos, de vidrio, de margarinas, en aquel mugrero de accesorias y casas inhabitables habitadas, todos estaban pirados.

En el baldío, en un pasón, el Pritt la tomó en pleno viaje, sin que ella reaccionara. "Ya te hice mujer", presumió y la abandonó con la falda levantada. Luisa sólo pensó en lo bien que le había cabido. "Ése no me dolió", se dijo. Al día siguiente empezó a andar de aquí para allá con la banda, a conocer la inmensa ciudad, a ir de la Tapo a Taxqueña, de la Dico a la delegación Cuauhtémoc, del metro Observatorio a La Merced. Hasta trabajó y ganó sus buenos centavos porque caía en gracia cuando se trepaba como chango en el cofre para limpiar parabrisas.

A pesar de su movilidad no intentó ver a los suyos. Cada uno de los dos hermanos, Fermín y Mateo, agarraron camino. Un día cerraron la puerta tras de sí y ya. ¿Iban a saber dónde estaba ella si Luisa misma casi no se daba cuenta? En el baldío de la calle y en el baldío del corazón, ni quien preguntara por los idos. Allí nadie tiene familia, nadie tiene pasado, nadie anda investigando, eso se lo dejan a la tira. La calle es la casa. "Yo soy mi casa", decía la Marilú como Pita Amor. Marilú también era poetisa y también había volado por los aires para quedar en el montoncito de cenizas que ahora le salía por la boca. Alguna vez le pareció que Fermín la sacudía, su rostro sobre el de ella. En efecto, Fermín fue por Luisa al baldío, la golpeó. Ella casi no lo reconoció. ¿Cómo era posible que, sin comer, Fermín hubiera crecido tanto? Entre las bofetadas pudo notar su expresión amarga, dura, sus labios apretados que dejaban salir:

–¡Mi mamá te está buscando, perra, desgraciada!

* * *

Fermín llevó a Luisa a La Granja con engaños:

Sí, aquello parecía una reunión: mesas y sillas plegables, gente mayor y muchos chavos platicando.

–Lánzate por unos chupes en lo que yo busco mesa –propuso Luisa.

–Vas.

Su hermano desapareció y de pronto se vio tomada de los brazos por dos grandulones.

–Véngase pacá mi reina.

–¡Órale, culeros! ¡Fermiiiín! ¡No vengo sola, hijos de la chingada, orita se les va a aparecer Juan Diego! ¡Fermiiiín!

No le extrañó que ninguno de los presentes moviera un dedo en su auxilio. A los chavos como ella nadie les ayuda nunca: si los atacaban era porque algo habrían hecho.

Nada pudo hacer inmovilizada por la fuerza de los dos gigantes que la empujaron a una mazmorra inmunda. Al cerrar la puerta, una bofetada acalló sus gritos.

–Más vale que te calmes, porque de aquí no vas a salir en un buen tiempo, bizcochito. Ésta es una granja para pachecos. Aquí te vamos a rehabilitar y bájale de güevos porque si no la vas a pasar muy mal.

–Mi bróder, vengo con él; háblenle a mi bróder.

Los dos sujetos estallaron en una carcajada.

–¡Inocente palomita! A tu carnal ya no lo vas a ver hasta que salgas de aquí y esto será en tres meses si te portas bien. Él te trajo, no seas pendeja, ahorita está llenando tu ficha para dejarte aquí. Es por tu bien, muñeca, aquí te vas a curar del vicio...

—¡Ni madres! ¡Cuál pinche vicio! ¡Déjenme salir cabrones, o les va a pesar, tengo una banda gruesa y si les digo van a valer madres!

—¡Cállese el hocico hija de su puta madre! —Luisa recibió un nuevo bofetón—, cuál banda, no mames, aquí estás sola y vas a tener que echarle humildad. Los que mandan, grábatelo bien, son los padrinos, el padrino Celso y la madrina Concha. Lo que dicen ellos es la ley, ellos son los que te van a sacar del hoyo.

* * *

Una veintena de miradas oscuras se clavaron en Luisa cuando entró a la sala de terapia. "Siéntate", ordenó con voz seca la madrina Concha. Luisa se dirigió a la última fila.

—¡No, burra, acá, adelante, donde te estoy señalando! ¿Te dejó ciega el vicio o qué?

Comenzaba Luisa a aprender las reglas del juego. Obedeció y tomó asiento, la cabeza gacha. En el estrado, vio a una mujer de unos veinticinco años, atractiva, aunque las raíces negras de su cabello teñido de rubio se extendían hasta la altura de sus orejas:

—Continúa, Güeragüevo, ¡perdón!, Érika —indicó la madrina Concha.

—Pues así es, como les iba yo diciendo, la coca se me volvió una necesidad, más importante que comer, que mi hija, que mi chavo, que todo. Empecé con él, él me enseñó el caminito. Ellos, una punta de gañanes aunque fueran de mucha lana, sabían que por un pase yo caía con cualquiera. Mi chavo, se vino a enterar de lo grave que estaba hasta poco antes de traerme aquí. Nunca se imaginó cuánta ventaja le llevaba. Empecé como todo mundo, por la mota y luego la cois, pero por la nariz. Con aquellos tipos caí en algo peor que la inhalada: el arponazo. Ya el sniff se me hacía una mamada; lo chido de picarse es que sientes de veras la coca, te recorre todo el cuerpo, se te sube por las venas. Me pasó igual que a todos los yonkis: me hice adicta no a la droga, sino a la jeringa.

Luego empecé a viajar más a todo dar con el Nubain. Me lo conseguían los cuates con un güey de una farmacia. Acabé inyectándome lo que encontraba: alcohol, acetona, Clarasol, hasta Fabuloso y Maestro limpio, me cae.

Impactada, porque ella lo único que conocía eran los inhalantes, Luisa acabó por levantar la vista para ver bien a la Güeragüevo, su rostro demacrado y la imagen patética de su tinte rubio ya a media cabeza. Una chamaca más o menos de su edad, ésta sí rubia natural, le sonrió. Al término de la sesión se le acercó:

–Hola, me llamo Soraya pero me dicen Yaya.

Luisa no respondió.

–Estás sacada de onda, amiga, es normal, pero no queda más que alivianarse. Así es al principio. No es fácil, pero pues tú se ve que ya has corrido mucho, ¿o no?

–Chale...

–No te esponjes, manita, pero es que ve esos pelos llenos de grasa, ¿desde cuándo no te bañas? Y luego la boca te huele a...

–Ya bájale, güey.

–Por lo menos te hice hablar. ¿Cómo te llamas?

–Luisa.

–Mucho gusto, Güicha. Más sacada de onda te dejó la Güeragüevo, vi los ojos que ponías. Esa chava sí que fondeó gacho, porque mientras más lana tienes, más abajo caes. La onda es que es hija de Rubí Maya, la vedettota esa muy famosa, pero nunca quiso reconocerla que porque iba a afectar su imagen. ¿Tú crees? Su imagen. ¡Su imagen de puta, digo! Yo creo que eso le hizo mucho daño. Ya la ves, pintándose el pelo de güero para parecerse a su mamá. El otro día se puso a decirme "güera de rancho", yo no le contesté, pero por lo menos yo no me pinto. Pobre chava, ella sí que sabe lo que es perder, porque encima se puso a andar con puro pájaro de cuenta, tipos reventadísimos que nomás se aprovechaban de ella. Luego la llevaron a dos clínicas de esas carísimas, una en la playa, como último recurso. Para mí que saliendo vuelve a recaer. Mírala, está jodidísima, y no creas que es tan ruca como aparenta, es que, como quien dice, la corrieron sin aceite. Desbielada, jajá, jajá, desbielada, jajá, jajá –tarareó.

Luisa sólo veía de reojo a la Yaya, que hablaba como poseída.

–Aquí vas a encontrar de todo, gente rica, gente pobre, hasta gente decente, imagínate.

* * *

En La Granja todas sabían todo de todas, hasta lo que se callaban. Cada una subía al estrado para contar su vida, sus íntimos naufragios, sus dolores. Celso y Concha, los padrinos, se erigían en conciencia moral del grupo y vivían pendientes de echarles en cara sus culpas y el privilegio de que eran objeto al tenerlos de redentores. "¿A poco ellos serán muy acá?", se preguntaba Luisa. Habría de enterarse –por la Yaya, desde luego– de que eran amantes y que ambos fueron alcohólicos, de ahí que su lenguaje fuera el de la banda. Se regeneraron al ingresar a una religión extraña y creerse señalados por el Señor para salvar almas. Vivían en el albergue de acuerdo con una máxima: "Según el sapo es la pedrada". A los chavos de familias adineradas les "sacaban la laniza", según la Yaya, pero les daban techo y comida a "la carne de albergue"; aquellos que se iban quedando y hacían bulto.

–Ay no, mana, a mí eso es lo peor que me podría pasar, que me dejaran aquí como pendeja pa' siempre –dijo Luisa.

Acabó, sin embargo, por tolerar una tras otra las etapas hacia la libertad. Sólo una vez Fermín regresó a visitarla:

–¡Qué poca madre, carnal! Ya sácame de aquí, no seas culey.

–No, hermanita, es por tu bien. Estás mejor aquí que afuera, entiende. Es más, yo creo que te hace mejor que ni nos veas. Yo me voy a pasar al otro lado a ganar dólares con unos de Mexicali, fíjate. De allá voy a mandarle la lana a los padrinos.

–¿Y la jefa?

–No, ella tampoco va a venir. Dice que le da cosa verte aquí. La tienes que entender.

–No pos sí.

Jamás se enteró de si en realidad Fermín enviaba dinero. Los padrinos no hablaban de finanzas con los internos, pero a leguas se veía quién tenía y quién no.

La Granja, en Cuernavaca, estaba lejos de ser una granja. Abierta a la calle, sus cuartos de concreto se alineaban con aspiraciones de cuartel. Todo era de cemento, el color del cemento encementaba la mirada. Los transeúntes se cruzaban a la acera de enfrente, no fuera a ser la de malas. ¡Qué pésima vibra la de ese edificio!

Los hijos, los hermanos, maridos o esposas que llegaban por primera vez se destanteaban: "Creíamos que tenía jardín", le reclamaban a Celso: "¿Por qué la llaman granja, entonces? ¿Dónde caminan? ¿Dónde juegan? ¿Dónde está la alberca?"

–Aquí mismo –respondía Celso señalando el cemento–. Aquí son los recreos, las comidas, las terapias. Se acostumbran pronto.

Afuera el sol ironizaba las respuestas.

–Vamos a dejar a su hijito como nuevo –Celso recargaba su brazo en los hombros del recién llegado.

–¿Podríamos ver los dormitorios?

–Es la hora del aseo, para la próxima se los enseño.

* * *

De Cuernavaca no entraba absolutamente nada a esta cárcel de lámina, ni siquiera el sol, aunque pegaba en el techo. Ni una brizna de pasto. Nada, sólo la trepidación de los aviones que cimbraba las láminas de los corredores, de las escaleras y sus barandales expuestos a la calle. Una inmensa tlapalería, ésa era la mentada granja. Hasta las brisas nocturnas se alejaban y jamás se oía el sonido del aire en las palmeras como anunciaban los padrinos.

Frente a ellos, el "padrino Celso", con las piernas separadas, indicó:

–Soy humilde instrumento del Señor para anunciarles que

se les otorga una nueva oportunidad de redimirse frente a Su Grandeza. Los que deseen aprender la cosa artística pueden ahora pintar en este muro. Toda la pared es suya, como lo es todo en este bondadosísimo lugar creado para su salvación. Les sugiero el Divino Rostro. Órale, mis tres grandes, hijos de su puta madre.

Y nació el rostro atroz de un Cristo rencoroso.

Todo color moría frente a La Granja, fortaleza levantada al lado de una barranca, ésa sí de tupida vegetación. Los colores que podían ver los internos eran los del mural. Su fealdad agredía. Las figuras desproporcionadas se bamboleaban chillonas porque algunos compañeros, convertidos de la noche a la mañana en pintores, descargaron su rabia a brochazos: el Papaloquelite, el Mocoverde, el Mañosón, el Ladras.

Luisa fue y vino frente al mural durante nueve meses. Flotaba movida por la neblina, ni siquiera el viento, que aquí tiene prohibida la entrada, aunque la puerta principal de este Centro para rehabilitar alcohólicos y drogadictos exhibe a los internos. Incluso afuera, algunos internos invitaban a los transeúntes.

–Pásele, pásele.

La mayoría se cambiaba de acera.

Una escalera de metal permitía el acceso al segundo piso. Nadie creería que en cada dormitorio para quince duermen cincuenta entre literas y catres. "Granja", la llamaban, sólo que las semillas allí guardadas eran hombres y mujeres.

El sitio destinado al ejercicio matutino era repelente: muros y piso de concreto sobre el cual rebotaba el movimiento. El patio dedicado a la instrucción era aún más inhóspito. Sólo le faltaban púas al alto alambrado carcelario.

El "tratamiento" no era sino un lavado de cerebro a base de diez horas diarias de dar y escuchar testimonios previsibles, espantosos, huérfanos, desangelados, una repetición incesante impuesta por los padrinos. De pronto, la llegada de seres extravagantes, cabelleras punks que acaban siendo rapadas o alguna figura que parecía mandada a hacer para el escarnio, rompía la rutina. Fue el caso de una señora cuya presencia resultó extraña en medio de tantos jóvenes.

–¿Qué onda, abuela? ¿Y usté a qué le metía?

Se escandalizó con las formas y el lenguaje de La Granja que, decía, no era para ella.

–Mis hijos son unos infames. Dicen que soy alcohólica nomás porque me tomé un pulquito.

La apodaron "Doña Pulques".

–Aquí me voy a marchitar.

–¡Ah chingá! ¿Más? Pues si usté ya rebasa el tostón.

Cuando se descubrió que la Chichitibum había llegado con embarazo de tres meses, el escándalo fue mayúsculo.

–¡Cámara, maestra! Tu hijo sí que va a tener futuro. Va a nacer en buena cuna y con pinchemil madrinas, pura finísima persona.

Al principio, las palabras de los testimonios, los lentos e interminables "eché a perder mi vida", "no tuve consideración por mi familia", "nadie me entiende, nadie cree en mí", sólo pasaban por encima de la cabeza de Luisa. De tanto oírlas le inspiraron curiosidad. Y una mañana se dio cuenta que las estaba esperando, eran como un virus. Esas palabras primitivas, brutales, esas patéticas confesiones, "le puse una golpiza a mi mujer", coincidían con las órdenes del padrino Celso y alteraban su forma de pensar. Se metían dentro de su cabeza y agarradas de sus neuronas no querían soltarse, ninguna idea rival podía removerlas. Demandaban su total atención, la absorbían hasta que oía el campanazo.

El despertar, que antes la sumía en el llanto más desesperado, era una bendición. Las mañanas ya no eran malas. Muchas veces antes, a la hora de la gimnasia matutina, Luisa había pensado en abandonar las filas, salirse de la tabla, desobedecer con un grito. Un día dijo: "¡Me tienen hasta la madre!", y la Yaya comentó: "Tú sí que eres bruta, pinche Güicha; te faltaban quince días y le levantas la voz al padrino". Ahora, repetía los gestos con reverencia, poseída por la voz de mando; lo que él dijera eso era lo que iba a hacer, porque dentro de la vulgaridad de sus propósitos, de vez en cuando

Celso decía algo que le llegaba al corazón. Si no respiraba hondo abriendo los brazos, la cabeza alta, perdería su cuerpo como había perdido su cerebro. El padrino se lo había dicho. Sus músculos se atrofiarían, ya no responderían a las órdenes que todavía hoy podía darles su cerebro.

Ese antro asqueroso ahora le parecía hospitalario.

Claro que las ideas cambian la vida. A ella, el instructor le estaba transformando la suya. Ella, que de niña nunca recibió una idea, porque su madre no era precisamente un surtidero de propuestas de vida, pensaba que estaba allí, en ese culto religioso que jamás había practicado (la gimnasia, el baño a manguerazos, el indoctrinamiento hora tras hora, la voz de los compañeros que recitaban el hartazgo de su propia historia hasta que en sus oídos sonaba como un estribillo de podredumbre y de imbecilidad). Por eso el instructor con sus órdenes precisas, flanco derecho, vuelta a la derecha, ¡ya!, la exaltaba. Él sí que podría encauzarla en los programas de rehabilitación y quizá ella más tarde –él se lo había propuesto– también sería capaz de volverse guía espiritual, convertirse en madrina, aunque sintiera una secreta repugnancia por los padrinos, por más que respondiera: "Sí, padrino", "No, madrina", "Lo que usted mande, padrino". La madrina Concha sobre todo era inmisericorde. "A ver tú, Güicha, lleva a La Marrana a hacer del baño", ordenaba y de inmediato se impacientaba: "¡Oye! ¡Oye! Llévala pronto que se hace. ¿O no ves lo jodida que está?" Dando traspiés de borracho, la nueva la seguía y Luisa se preguntaba qué caso tendría que esa muchacha casi en estado vegetativo fuera llevada a las sesiones dizque de terapia. "Así llegaste tú, Güichita, igualita, no te hagas la remilgosa, así o quizá peor."

* * *

El mundo se redujo a las cuatro paredes de La Granja, las altas láminas que resguardaban a los pobladores del suplicio. Luisa acabó por acostumbrarse. El más mínimo chisme se volvía un hecho trascendente y los desertores imponían verdaderos parteaguas en la historia de La Granja. "Esa barda la levantaron desde la fuga de los cuatro." "Cuando se escapó el Chocorrol yo llevaba dieciocho días aquí." Contaba uno por uno sus días de internamiento. "Hoy cumplo ochenta y ocho, pasado mañana a volar gaviotas."

* * *

"Esta chava es bien vaciada", se repetía Luisa a medida que conocía a la Yaya. Al principio, su compulsión por arreglar cabelleras le acarreó infinidad de problemas. Las internas mismas la alucinaban. Dormían con la cabeza amarrada y aun así a veces despertaban al sentir que alguien les trenzaba el pelo.

–Órale, pinche Yaya, ya ni chingas, maestra, ¿qué te traes?

"A mí ya me da mala espina, ha de ser tortilla", insistía la Chichitibum (así le decían por tetona), pero su dictamen psicoanalítico no prosperó en la comunidad. A la Yaya todas, simplemente, la tiraban de a loca. Luisa fue la excepción. Le agradaba lo que el peine tiene de caricia, y además, imaginarse bonita en un sitio en el que no existían los espejos.

–Así peinada me he de parecer a mi mamá.

Esperaba la noche para allí, sobre la cobija tirada en el piso en que dormían, sentirse la más bella de las mujeres gracias a las hábiles manos de la Yaya.

–Cuando salga de aquí voy a poner mi salón de belleza, tengo hasta el nombre: "Estética Renacimiento". La voy a hacer. Ya ves tú, estabas bien garrita, todo el tiempo con los pelos lacios encima de la cara y yo te dejo acá, bien irresistible. Me cae que sí tengo facilidad y pues también práctica ¿no? Si vieras mis Barbies, no son originales pero parecen, de lo chulas que las tengo, ni quien se imagine que son de Tepis... o sea que hasta de modista la libro, ¿cómo la ves, mi Güicha?

Sólo Luisa la escuchaba en sus largos soliloquios. Algo tenía la Yaya, tal vez ese aire de infancia o una cierta fineza que le recordaba a Marilú, la poetisa de la colonia La Bolsa.

Con el tiempo, la Yaya también se convertiría en su manicurista. La ansiedad había llevado a Luisa a comerse las uñas en forma despiadada; no descansaba hasta sentir el dolor de la carne viva de sus larguísimos dedos. Sana como se veía ahora, luego de tres tratamientos consecutivos, ya no llevaba sus manos a la boca con la obsesión de antes ni le decía a la Yaya: "Si no me la como exactamente como quiero, si me queda un piquito, la pinche uña me desgracia el día".

La Yaya vivía al pendiente de las uñas de su amiga:

–¿Te las moldeo? Ay, pero mira qué manos tan lindas tienes.

* * *

Un recién llegado de rostro noble, ojos profundamente azules, piel muy blanca y cabello muy negro le llamó la atención, quizá porque Luisa, que tardeaba en el patio mirando sus uñas, vio cómo lo apandaron. También a él lo habían engañado. Cuando él dijo lívido y con una risa que más parecía llanto, "No, no me quedo", su mamá, una señora bien vestida a quien acompañaban su chofer y una muchacha de uniforme, se echó para atrás. En cambio, Don Celso detuvo al joven asiéndole fuertemente del brazo:

–Vente a conocer el jardín aquí adentro.

"Sí, cómo no, ahí te llevo con el jardincito", murmuró Luisa mientras contemplaba alelada a ese ángel en medio del averno.

–Mi rey, nomás te faltan las alitas –dijo bajito.

Mientras el muchacho desaparecía tras la puerta, Luisa vio a la sirvienta esconder su rostro en su delantal.

–¡Ay, señora, el niño, el niño Patricio!

El padrino Celso, que ya peinaba canas y era tan súper largo y alto como el joven, regresó y se dirigió a la señora:

–Firme, firme ya para que se quede.

La madre titubeó.

–¿Sin avisarle? Él no quiere quedarse.

–Usted firme y váyase en su coche. Pierda cuidado, va a estar bien. Mañana me habla. A los tres meses va a ver qué cambio. Puede venir a visitarlo el mes que entra, si él observa buen comportamiento. Se va a asombrar al verlo, se lo garantizo, señora.

–Bueno, mañana le mando con el chofer unas bermudas, unas playeras, su agua de colonia...

–No, no, nada más la ropa, por favor. Aquí tiene que aprender a ser humilde. La regla de oro es que en este lugar todos son iguales. Lo que sí, déjenos dos mil pesos para su comida.

–El niño Patricio... ¡buuuuuu! ¡buuuuuu! –lloró la muchacha.

La madre de Patricio firmó carta y cheque y giró sobre sus altos tacones, sus sirvientes como guardaespaldas, tras ella.

A leguas se notaba que ese muchacho era distinto, sobresalía su finura en medio de aquella punta de gañanes, se decía Luisa, que no se cansaba de mirarlo a lo largo de los días. De un ala a la otra del comedor, Luisa engullía con los ojos su figura espigada. Comía bonito, se movía bonito, hablaba bonito. Patricio pidió que le dieran permiso de leer, no se lo dieron; de escribir en una libreta, no se lo dieron; de hablar por teléfono, menos. "¿Qué crees que somos tus pendejos o qué?", tronó la voz de Celso. Eso sí, él se la vivía con el rostro vuelto hacia el teléfono y, cuando sonaba, casi siempre era para él. Luisa lo oyó decir en una ocasión con voz bajita, desesperada, tapándose la boca, nerviosísimo de que fueran a cacharlo: "Sáquenme de aquí, ésta es una pesadilla inaguantable, ya sáquenme, no voy a recaer, lo juro".

La Yaya, que todo lo sabía, comentó entre sus compañeras que Patricio era adicto a la heroína. Hora tras hora crecía en Luisa su fijación por el muchacho. Aguardaba el mínimo descuido para acercársele. Sólo en una ocasión logró hacerlo a riesgo del castigo. En secreto le dijo:

–No se me desvalorine, en mí tiene una síster.

Él la miró, agradecido, y con una sonrisa respondió:

–Gracias. Eres muy bonita.

Luisa sintió que todo daba vueltas, su frente se perló de sudor. ¿Bonita? ¿Ella bonita? Las breves palabras de Patricio tuvieron para ella el poder de una revelación. De aquella boca seráfica le era arrojada una verdad a la que ella podía aferrarse.

Entonces Luisa buscó su elegancia día tras día como las flores de cara al sol. Sentarse frente a él, aunque a distancia, era volverse otra cosa, irse muy lejos de La Granja, ver crecer lo verde, pero ya no con el terror de las alucinaciones. No tenía pensamiento más que para Patricio. Soñaba con un beso de su boca y se le ensangrentaron los labios de tanto mordisquearlos en la espera: "Antes las uñas, ahora los labios", regañaba la Yaya celosa. Luisa se chupó de lo flaca que se puso, pero él le sonreía desde lejos, apreciativo. Ella, en los huesos, empezó a soñar que a lo mejor en este palacio de las rehabilitaciones encontraría la felicidad y le bastaría hincarse a los pies de Patricio, enamorada como un perro.

El amor la hizo descubrirse en medio de un grupo de extrañas, porque ya sus amigas se habían ido al tiempo que llegaban otras. Por Carmela vinieron sus papás y los suyos por la Coquis y por la Pichi y por la Chichitibum, con todo y su embarazo (es más, su embarazo la sacó libre). Sólo ella, la Yaya, Yolanda la más nueva, Jacqueline y Aurora y Jéssica y Sandra y Rubí y La Polvorona seguían ahí. Pero lo que ahora sentía Luisa no lo podía sentir nadie más; su amor por Patricio la hacía insustituible. Ahora la única desgracia verdadera era la de las horas en que no podía verlo. Se sentía enloquecer, poseída por vuelcos, mareos, ansiedades, incendios.

Hasta que la Yaya le dijo:

—Pero ¿qué haces tú con ese puto? Pues ¿qué no te has dado cuenta?

* * *

Un día Patricio desapareció con el Tufic, un árabe muy acuerpadito, cinturita y con un trasero muy paradito que era una monada. Los padrinos sabían que los que lograban escapar lo hacían rumbo a la barranca y mandaron a los grandulones a buscarlos. Quién sabe para dónde corrieron. "Ay, pero ¿a quién se le ocurre? Con esas piernas tan largas, ¿cuándo iban a alcanzarlos?", alegó la Yaya en el dormitorio. Luisa la escuchó con la cara escondida en la cobija; lloró toda la noche y ella, que no sabía rezar, le pidió a Dios que cuidara a su Patricio.

* * *

Muchas cosas habían cambiado en Luisa. Podría pasar frente a sus antiguos "ñeritos" sin ser reconocida. Ni su propia familia la vio jamás no sólo tan arreglada sino tan dueña de sí, tan convencida de iniciar una nueva vida. Repetía muy seria: "Voy a recordar siempre las duras lecciones que me sacaron del pozo".

Su expresión corporal era otra; dejó de ser una cabra loca a imagen de su madre, para adoptar una actitud reposada y a ratos felina, ya sin el disloque de movimientos que causa la brutal descalcificación de la droga. Caminaba erguida, con pasos largos y armoniosos. Si antes para ella todo era motivo de risa, ahora le molestaba que alguien se riera sin ton ni son. Logró distinguirse como una de las internas más responsables. Luisa guiaba a las nuevas. Era imposible imaginarla en un nuevo estallido de histeria, como aquel de los primeros días en que, sin más, tomó una de las latas de atún empleadas como ceniceros y la arrojó a la cara del orador en turno. Entonces, su esperanza de ser apandada se esfumó al recibir un castigo infinitamente mayor: soplarse también los lamentables discursos de la sección de hombres. Los tres días a pan y agua, la segunda parte del castigo, no le afectaron: poca diferencia había entre eso y la dieta normal: arroz y frijoles. Jamás fantaseó que llegaría el día en que los padrinos ensalzarían sus logros ni que manifestarían su asombro ante sus cambios.

–Ahí la llevas m'ija, ahí la llevas.

* * *

–Güicha, hoy vienen por ti.
–Simón, me voy a bañar.

–Ya te tocaba, ¿no?
Luisa sonríe.
–¿Ya empacaste, manis?
–Nomás es una bolsita... Después del baño ¿le puedo pedir a la Yaya que me haga unos tubos?
–A güevo. Hoy es tu día.
Luisa se echa a reír. Bromea en torno a su pedicure, su mascarilla, su masaje, su maquillaje, le voy a pedir a la Yaya su tubo de labios, le voy a decir a la Yaya que me acicale y le eche ganas pa' que quede yo bien buena, cuando lleguen mi jefa, el Fermín, el Mateo, no me van a reconocer, van a buscarme entre la bola y cuando por fin se den color de que soy yo, no se la van a acabar. "¡Qué chido –van a decir, ya los estoy oyendo–, pero qué a toda madre!"

* * *

Es el gran día para Luisa. Han culminado tres períodos de tratamiento en el albergue: nueve meses de recuperación. Por fin una silla de plástico blanco la aguarda en la ceremonia de salida, una especie de acto de graduación o de misa de quince años. En la calle, ninguna de las dos cosas tuvo Luisa: sólo llegó a tercero de primaria y sus quince años los cumplió en el baldío.
–¿Que hoy vienen por ti, pinche Güicha?
Luisa responde con una sonrisa.
–Congratulachiuns, manita.
–Vientos, mi reina, qué a toda madre.
–¿A qué horas llega tu jefa? ¿Entre cinco y seis? Entonces no tarda. Ya mero. Qué diéramos por estar en tu lugar, cabrona.
Desde hacía semanas Luisa se venía imaginando con su vestido azul, sentada en una de las sillas blancas junto a Socorro, su madre.
Cada uno de los que salían acompañados por sus familiares subía al estrado para dar gracias y jurar en contra de la reincidencia. Les aplaudían y cantaban el himno del albergue:

Por nuestra recuperación,
por nuestra salvación,
lucharemos,
venceremos,
sólo por hoy,
sólo por hoy.
El Señor es mi pastor,
Jesucristo murió por mí,
le confieso mis pecados,
y limpio mi corazón,
sólo él, sólo él, sólo él,
sólo él, el Redentor.

Los padrinos enaltecían su triunfo y los conminaban a una vida sana. Algún interno destacaba siempre entre el resto y Luisa tenía la seguridad de que en esta ocasión sería ella, porque ya le tocaba, méritos los tenía de sobra.

–¿Qué onda, mi Güicha? Ya son seis y media y de tu jefa ni sus luces.

–A lo mejor no puede venir porque a esta hora empieza el jale pa' ella. Seguro vienen mis bróders que son bien pinche güevones y a todas partes llegan tarde. Al rato...

Durante la ceremonia, la silla al lado de Luisa permaneció vacía. El caso de la recuperación de Luisa fue en efecto el más mencionado en los discursos de los padrinos.

–Vean ustedes, señores, lo que hacemos aquí. Esta muchacha llegó hecha una basura humana, nadie hubiera dado un centavo por ella y véanla ahora, rehabilitada, bonita, limpiecita, con la cabeza bien puesta, orgullo para su mamá que no pudo venir hoy pero seguro mañana pasa a recogerla...

Una mueca en el rostro de Luisa pretendía ser sonrisa. Al llegar su turno se limitó a agradecer las alabanzas y su rehabilitación en La Granja. Ninguna mención hizo de la ausencia de sus familiares. Después, durante la cena, a cuantos preguntaron respondió:

–Ya me habían mandado decir que quién quita y hoy no iban a poder...

Con el mismo gesto imperturbable que mantuvo durante la ceremonia, Luisa se retiró a dormir en esta noche que ya no le correspondía en La Granja. La Yaya la siguió con sentimiento de culpa. Pobre de su ñerita, de veras, qué joda le habían acomodado sus carnales. Se sintió peor cuando Güicha empezó a hablar:

–Cierro los ojos. Veo crecer la hierba. Crece rápido. La oigo: sssshhhhh, crece, ssssshhhhh, ssshhhh, ya va más alta que yo, sigue pa'rriba. Nos va a cubrir a todos.

–Órale, pinche Güicha, ábrelos, ábrelos, aquí no hay ni una brizna de hierba.

–Cierro, abro, cierro mis ojos. Sigo viéndola, es verde, bonita. Me cae, es una montaña bien tiernita, de ese verde empieza...

–Estás pastel, Güicha, bien pastel. Aquí no hay nada de eso.

–También el tabachín, viene hacia mí, alarga sus ramas y me levanta en brazos; quiere que vea el nido.

–¿Cuál nido, pinche Güicha?

–Ese que trae en la cabeza. Todos los tabachines tienen su nido.

Luisa siguió divagando quedito hasta que las demás protestaron, "Órale pendejas, dejen dormir". A la noche siguiente, no ocupó su sitio de siempre en el dormitorio. Tendió su cobija en la esquina de la Güeragüevo, otra de las que se habían marchado. Sentada, experimentó algo parecido a tener la mente en blanco. Sintió el regreso de aquella sensación indescriptible que no había vuelto desde hacía nueve meses. Su pulso se aceleró, sus manos temblaron y empezó a sudar copiosamente. "Qué estadazo", volvió a decir al tiempo que dejaba de escuchar los ronquidos atronadores de sus compañeras. ¡Tanto le habían hablado del "rebote" y hasta hoy tenía la oportunidad de experimentarlo! La pertinencia de un viaje le llegaba en el momento exacto, con toda justeza tocaba a la puerta que ella abría.

En la madrugada, bajó del dormitorio ojerosa, pálida, algo gravísimo debía haberle pasado porque el padrino Celso la eximió de la gimnasia. Cuando se acercó y la miró a los ojos, vio con miedo que Luisa ya no estaba allí. De inmediato la llevó a la enfermería:

—¿Qué le dieron? ¿Qué se tomó? —preguntó al encargado el padrino Celso.

—No se me encabrone, no sé, ni la he visto, no ha salido de La Granja.

—Ya no se puede confiar en nadie.

Luisa caminó deshuesada hacia la mesa. A la hora de comer, ni siquiera vio el plato por más que la Yaya suplicó llorosa, cuchara en mano: "Yo te doy manis, ándale, come". La tarde la pasó en absoluto estado de idiotez, lo mismo sucedió a la hora de acostarse. Ni siquiera reaccionaba con los campanazos. En la noche, Yaya, la cabeza sobre la almohada, concluyó que a su cuata el viaje le había llegado a tiempo y que en el día no muy lejano en que a ella le tocara salir libre, no le remordería la conciencia dejar a la Güicha atrás. Mordería olvido.

Al día siguiente Yaya escuchó entre trinos el aviso que había puesto en órbita a la Güicha:

—Soraya, hoy vienen por ti.

La banca

En las tardes, Rufina y yo vamos al camellón enjardinado y nos sentamos en la banca. Al rato, junto a ella se desliza un hombre. Rufina y el hombre se dan unos besos que truenan como una llanta al reventarse. Lo digo porque pasan muchos coches en el Paseo de la Reforma, y el martes, a uno se le ponchó la llanta. Entonces, el chofer lo estacionó en el borde de la acera y se enorgulleció: "No perdí el control".

—No me hagas perder el control —se queja Rufina en voz baja. El hombre la aprieta.

—¿Quieres ir a jugar por "ai"? —me dice Rufina con palabras dulcísimas, mansas.

Desciendo de la banca humillada. Rufina debe intuir cuánto me gustan los besos tronados. Ningún ahuehuete por alto, ninguna corteza que se deje arrancar, ningún pastito navaja ejerce el poder de dos que se abrazan.

Por hacer algo miro las estatuas de bronce en el Paseo de la Reforma, héroes dice mi tío Artemio, que fueron asesinos. Los miro con desconfianza. Mucho más alto que ellos están los sabinos; enormes, sus ramas se extienden, forman una bóveda protectora. Hacia ellos sí se puede aspirar.

A mis ojitos, la única dirección que los jala es la de la banca.

Desde un macizo de truenos, veo de pronto que una bola de gente la rodea, gente que salió de la nada en el Paseo de la Reforma, gente que sigue llegando de las calles vecinas y se amontona.

Oigo a una mujer que grita:

—Bájenle el vestido.

Tengo miedo. No sé si correr como de rayo a la casa a meterme bajo la cama para esconder mi vergüenza o ir a ver qué es lo que ha sucedido. De nuevo, la misma voz aguda:

—Que le bajen el vestido.

¡Qué cobarde soy! Yo quiero a Rufina, quiero a su vestido, el de florecitas, el de mascota, el de percal, el de cocolitos, el vestido madrugador, el de agua y jabón al sol en la azotea.

Entre el cerco de piernas de los mirones me abro paso, qué bueno que soy pequeña y puedo colarme. Allí junto a la banca, en medio del círculo, tirada en la tierra, Rufina. Sola. Ya no hay hombre. En torno a ella se cierra el círculo, la plaza, el toreo, unos en barrera de primera fila, otros en los tendidos, todos a la expectativa. Rufina se convulsiona. Una estocada, otra, ahora unas banderillas, el vestido más arriba, las piernas abiertas, el calzón a la vista de todos, qué feo color el salmón, qué color tan horrible para chones, ¿por qué los harán de ese color? Mamá dice que deben ser blancos como las calcetas. Rufina trae las medias atornilladas con una liga arriba de la rodilla.

–Pues ¿qué no le van a bajar el vestido? –pregunta la voz. Imperiosa.

–Ésta es una enfermedad que manda el diablo –dice un hombre.

Una señora se persigna.

Me acerco:

–Esta chiquilla la conoce.

–Métanle un pañuelo en la boca.

¿Meterme un pañuelo en la boca? No, a mí no, a Rufina.

–Mírenla, se está mordiendo, se va a trozar la lengua.

–Pregúntele a la niña dónde viven.

Estoy a punto de decir calle Berlín número seis, cuando la señora que lleva el mando pega un grito:

–Ya se mordió, le está saliendo sangre.

Hasta ese momento me atrevo a ver a Rufina. Su trenza deshecha, un hilo de sangre escapa de entre sus labios. "Sí, ya se mordió", alcanzo a pensar y lucho contra las lágrimas.

Rufina es una muñeca de trapo, un guiñapo, los brazos enlodados, la mueca de su boca, su pecho que sube y baja como un pájaro, se azota, algo quiere salírsele de la jaula, su pecho ahora es un fuelle y desde adentro surgen los ventarrones, casi puedo verlos, pobre, cómo le ha de doler, el ajetreo de su respiración hiere, así como lastiman sus manos, títeres con hilos rotos, sus piernas dislocadas. La veo en su momento más desafortunado, nunca sabrá que la he visto así.

De golpe y porrazo, la señora que llevó la voz de mando dice que se tiene que ir, que ya se va, que de su casa llamará a la Cruz Roja, que la de la epilepsia va a volver en sí, que ya pasó todo, y poco a poco, así como el Paseo de la Reforma se cubrió de curiosos imantados por los desfiguros de Rufina, así se va vaciando. Terminó el espectáculo. Las señoras recogen sus bolsas del mandado, jalan a los niños renuentes, los hombres también vuelven a su quehacer, unos van a la parada del camión, otros regresan al lugar de donde vinieron: su miscelánea, su puesto de refrescos, su oficio de barrendero, de paletero, de vendedor de boletos de lotería. Yo también voy hacia el árbol y lo abrazo. No aguanto ver a Rufina y, comiéndome las uñas, espero a que se levante. La corteza del sabino me acuchilla los brazos, las axilas, el pecho, lastima pero yo también quiero que a mí me lastime algo. Por un segundo tengo una aguda sensación de vacío, pero es sólo un relámpago que acallan los cláxones. Vuelvo los ojos hacia la banca. Desde aquí puedo ver a Rufina sentada abrochando su suéter de cocolitos.

La calienta el sol del atardecer, creo, espero que le esté entrando el solecito en la boca para secar su saliva pastosa, para cicatrizar la herida, absorber la sangre, calmar ese estertor, esa ronquera que venía de muy dentro. Espero que el sol le queme las piernas para que se dé cuenta y se baje el vestido.

–Ésa es una enfermedad que manda el diablo.

Lloro quedito, a que no me vea, a que no me oiga. No puedo impedirlo. Tengo miedo. Le tengo miedo al diablo. Pasan muchos autobuses. Suben, bajan. La gente tiene obligaciones, me ha dicho Rufina, muchas obligaciones. Los altos rojos se prenden un sinfín de veces. Los autobuses arrancan, se van. Oigo los arrancones, los enfrenones. Ya no me queda ni una sola uña que comer, las he dejado en la pura raicita. El cielo se ha ensombrecido y tengo frío.

Allá en dirección de Rufina algo se mueve. La veo alisarse el vestido, atornillarse las medias. No me acerco. Luego se limpia la boca con el brazo ensueterado; seguro enderezó la mueca de su boca. Se levanta trabajosamente. Sacude su vestido, medio teje su trenza y hace girar su adolorida cabeza, piñata rota; busca en mi dirección. No me ha olvidado. ¿O no es a mí a quien busca?

Camino hacia ella. No me mira. Sólo dice:

–Vámonos, niña.

Mientras caminamos rumbo a casa, no levanto la vista. Ella sigue lidiando con su vestido, echándose las trenzas para atrás; a mí me gusta cuando las trae para adelante. En la calle Milán se inclina hacia mí y huelo su aliento a maíz acedo:

–No vayas a decirle nada a tu mamá, niña Fernanda.

–No, Rufina.

* * *

Nos embriagamos el uno con el otro, los dos solos, tu conmigo, yo contigo. Viertes vino entre mis pechos, en mi vientre y lo sorbes, luego lo derramas en mi lengua con tu boca. Tenemos todo el tiempo del mundo, el tiempo de nuestro amor. Lo único que pesa entre nosotros es esta cama grave, lenta, de madera bruñida, inamovible sobre el piso. La escoba, si es que aquí barren, tiene que pasar alrededor de las patas elefantiásicas. Es la cama la que nos fija en la tierra. Si no, atravesaríamos el espacio. Pero el amor se hace en una cama, ¿no? Llevamos horas y horas de besos, de lágrimas y besos otra vez, nuestro amor es un tesoro escondido, lo cavamos, lo buceamos, lo hacemos esperar, primero nos besamos tanto que ya no sabemos hacer otra cosa sino eso: besarnos. Siempre hay algo nuevo en nuestros labios, en mi paladar, en tu saliva, en tu lengua bajo la mía, en tu lengua sobre la mía hurgando entre mis encías. Mi frente está afiebrada y la recorres con tu lengua. Pones tus dedos sobre mis ojos y presionas. Veo estrellas. Luego los besas. Cerramos los ojos. No quiero olvidar nunca esa habitación que vamos a dejar. "¡Qué joven eres", me dices, "nada en ti se ha endurecido!", e inmediatamente me rebelo, con quién me estás comparando, quiénes han sido las otras, por qué en este momento sólo nuestro, piensas en lo duro ajeno. "¡Qué maravilla tu piel, cuánta dulzura, eres un animalito tierno!", repites. Busco tus caricias como lo haría un cachorro, me meto bajo tus manos, hurgo trabándome entre tus piernas, si estuvieras de pie, tropezarías, quizá te haría caer, qué risa, escondo mi risa acunándome entre tus brazos. Soy portátil, me redondeo como los gatos, tu cuerpo es mi sitio, abrázame; a lo largo de tu cuerpo quepo muchas veces, cinco quizá o siete. Es bueno ser pequeña, ¿verdad? Entrelazamos nuestros dedos. Me cuelgo de ti. "En ti todo lo voy a descubrir –me dices–, eres una mujer por descubrir." A mí me da temor, soy tu mujer de siempre, la diurna y la nocturna, soy tu mujer cotidiana, la del pan y los higos, el círculo que ambos recorremos. Soy lo que ya conoces. ¿Qué quieres descubrir?

* * *

Jorge y Fernanda son una pareja a todo dar dicen los amigos. Se completan. Tienen los mismos gustos. Ascienden juntos. A ratos, juntos también, parecen sonámbulos. Ella se aprieta contra él, él le pone la mano sobre un pecho y la besa estrujándoselo ante todos. A veces, son desvergonzados. Cuando invitan a cenar y a oír discos, con las mismas manos con las que la atenaza, él prepara la cena, salvo la ensalada, claro, porque ella las hace ricas. Su casa es como ellos, fervorosa, acogedora. Los invitados se sientan en el suelo y abren libros de arte bizantino, de cerámica de Acatlán, de Celeste, la que cuidó a Proust. Un buen fuego arde en la chimenea. "Quisimos chimenea porque el mejor amor se hace frente a las llamas. Mi mujer es una brasa." A la hora de la cena, no es inusual que Jorge, amo y señor, cruce con todo su cuerpo la mesa: "bésame", exige y el tiempo parece suspenderse mientras todos dejan de comer y observan; vasos, mantel, filetes, ensaladera, cesta de pan. Les sale uno como vaho parecido al que sale de la boca de los hornos. "Ésta es la casa que arde" –dice la más ingenua de las invitadas–, "y cuando regresamos a la nuestra, Jaime siempre me hace el amor. Por eso me gusta venir."

A pesar de la chimenea, lo más notable de su casa es el ahuehuete; ninguna en la ciudad de México tiene un ahuehuete, ésos están en el Bosque de Chapultepec; Jorge y Fernanda consiguieron una casa con ahuehuete en la colonia del Valle.

Fernanda fue la que la encontró; hubiera sido horrible sin el ahuehuete. Él se opuso: está fea, húmeda. Ya verás cómo la dejo, mi amor, ya verás, no podrás vivir en ningún otro sitio. Y la cubrió con una bugambilia, un plúmbago, un huele de noche, y cuando florecieron, las flores entrelazadas le taparon lo feo. Sólo quedaron las ventanas como dos ojos en un cuadro de Giuseppe Arcimboldo con flores en vez de verduras. Fernanda se acostumbró a hablarle al sabino, a abrazarlo aunque no alcanzara el perímetro de su tronco. Recoger trozos de corteza a punto de abandonarlo como las células muertas al cuerpo humano y sentarse bajo él a leer y ver el cielo entre sus ramajes era un ritual de casi todos los días. A lo mejor dos amantes se abrazaron aquí antes que nosotros, a lo mejor una niña vistió a su muñeca bajo esta sombra, a lo mejor escondida por el follaje, una mujer limpió una noche sus lágrimas recargada en el tronco, a lo mejor este árbol es de La Noche Triste. Al cabo de un tiempo, le contagió a Jorge su amor por el ahuehuete de tal modo que al salir o al llegar de la universidad lo saludaba: "Buenos días, árbol, ya me voy". "Que duermas bien árbol." También a él le dio por abrazarlo; entre Fernanda y él podían girar en torno a su tronco en la ronda del amor, sus brazos extendidos lo acinturaban y no grabaron el deleite del beso ni sus iniciales en la corteza porque Fernanda dijo que era una crueldad.

Dentro de la casa de la colonia del Valle, Fernanda acomodó poco a poco divanes, libreros, libros, discos y alfombras de Temoaya, su único lujo además del aparato de sonido. Al contacto con su amor, los objetos fueron saltando de su prisión de piel y revistiéndose de fragancias agridulces; vinieron a sentarse a la mesa, a tirarse en los platos, a hacer que los tenedores y las cucharas vibraran. "Esas servilletas son abanicos. Óyeme Fernanda –volvió a decir la ingenua con un pucherito–, tus cosas dan toques eléctricos."

Entre los dos construyeron su felicidad caliente, cuidaron de su amor rompe barreras. Fernanda fue la de la escoba, el trapeador, el fregadero, la escobeta, pero lo disfrutó casi tanto como poner manojos de alhelíes y perritos en el florero o gigantescos agapandos y delfinios según la época. Al cabo, la supremacía de Jorge era más evidente aún que la de los delfinios. Señor mío, amo y señor, rey del universo. Jorge producía platillos suculentos para sus amigos del viernes o el sábado en la noche. Sorprendía a los maridos: "Anoche fue luna llena, ¿abrieron la ventana para que la luna bañara entera a su mujer?" Las esposas se extasiaban: "¡Qué suerte tienes, Fernanda, te sacaste la lotería con ese marido!" Jorge era el amoroso, la carne de su carne además de la carne sangrante y en su punto en la mesa, nunca término medio, el chef, el cordon bleu, ella su pinche, la que picaba, rebanaba, hervía. Él daba el toque de magia, ella, entre tanto, corría a abrir la puerta.

* * *

–¿No me reconoce, señito?
–La verdad, no.
–¿A poco no sabe quién soy?

Una mujer vencida miraba a Fernanda, el pelo entrecano, los hombros encorvados, la expresión amarga, el vientre ajado, los senos caídos bajo el delantal. A su lado, en cambio, una muchacha de trenzas lustrosas contrastaba con el abandono de la madre. Era un venado.

–¿De veras, niña Fernanda, no me recuerdas?

La palabra "niña" sonó familiar aunque dolorosa.

–Perdóneme...
–Niña, soy Rufina...

Un bulto debatiéndose en el suelo, el vestido levantado,

asaltó la memoria de Fernanda. Era un recuerdo que ella había sepultado por feo, por triste. La mujer insistió:

–Rufina, la que te cuidó de niña.

¿Quién había cuidado a quién?

–Ando muy amolada, niña, por eso pensé en ti, sólo tú que eres buena me aceptarías con mi criatura. No te pesaríamos. Yo te hago el quehacer, ella en las tardes estudia corte y confección.

En un abrir y cerrar de ojos, ya estaban adentro. Jorge dijo que bueno, que ni modo. Lo conmovió la niña venado, la forma inquieta en que erguía su cabeza sobre su cuello largo. "Tendrás más tiempo para hacer lo tuyo", dijo Jorge.

No fue así. Para guisar, Rufina utilizaba todos los trastes que poseían. "Necesito otra sartén." "Hace falta una cazuela más honda." Después de cada comida, platos y cubiertos permanecían horas en el fregadero junto a la batería de cocina, porque Rufina iba a reposar a su cuarto. ¿Por qué escogía ese momento? Fernanda nunca se atrevió a preguntárselo. La venadita escapaba a la academia de corte y confección y alguna vez le sorprendió que Jorge inquiriera: "¿Qué no ha llegado Serafina?", y se inquietara. "Es muy tarde para que ande en la calle a estas horas."

Todo lo que a Fernanda se le había hecho sencillo, ahora se complicaba. Hacía falta otra escoba, se acababa el Fab, la licuadora se descompuso. Aumentaron el gas, la luz, el teléfono, el agua y el volumen de desperdicios en el bote de basura. Fernanda tropezaba con Rufina a todas horas y en todo lugar. Sentía su respiración en la nuca, en el oído. El humo acre de su presencia penetraba hasta el menor intersticio. La página del libro olía a Rufina. En la calle también, un perro la amenazaba con sus ladridos y Fernanda pensaba de inmediato: "Rufina". Cada día se le hacía más pesado bajar a la cocina y decirle a su Frankenstein casero que por favor no guardara el aceite usado en un frasco grasiento. "Es para nosotros, niña", respondía rencorosa levantando una barrera igual a la de sus dientes parejos. Una tarde Fernanda se encontró a sí misma caminando en círculos en la recámara repitiéndose: "No es posible, no puede ser", porque se sentía sin fuerza para ir a la biblioteca con tal de no escuchar el sordo redoble de tambor de la omnipresencia de Rufina, avejentada y mecánica, desplazándose sin sentido por los recovecos de la casa. "Voy a decirle que se vaya." Jorge la atajó. "¿Qué será de la niña? No es para tanto, ya te acostumbrarás."

Una noche Fernanda insistió en que la presencia de Rufina había envilecido la casa. "Es más fuerte que yo, Rufina se me ha insertado como un clavo envenenado en la cabeza, en los brazos, en el corazón, en las manos. No la tolero. La veo y me paralizo del horror. Ya no puedo comer. La vomito." Para su sorpresa, Jorge no se solidarizó ni la tomó en sus brazos: "Estoy contigo, mi cielo, haz lo que tú quieras", sino que dejó caer con una nueva y cordial indiferencia: "Estás nerviosa, no pensarías así si no estuvieras cansada". "¿Cansada de qué? Si tú mismo dices que Rufina ha venido a aliviar el peso de mis tareas domésticas. De lo que estoy cansada es de ella, es ella de quien abomino." La presencia de Serafina era tan esquiva que sólo acentuaba sus cualidades de venado.

Curiosamente también, Jorge le sugirió, cosa que le pareció insólita: "¿Por qué no te vas unos días? A Cuautla, o a Ixtapan de la Sal. Dicen que allí hay un spa fantástico del cual las mujeres salen regeneradas. Es caro pero yo te lo disparo; es más te acompañaría pero no puedo dejar la universidad en exámenes finales".

En un verdadero estado de angustia, Fernanda salió a Ixtapan. Le hizo bien alejarse, ver el campo desde el autobús, respirar otro aire, meterse en el agua sulfurosa, los baños de lodo, sentir las manos impersonales de las masajistas que al finalizar rodeaban su cuerpo con anchas toallas blancas: "¡Qué bien conservada está señora, qué vientre tan liso!" ¿Conservada? Aún no estaba en la edad de la conservación. ¿Conservada como un durazno en almíbar? ¿Qué es lo que tenía que conservar? A la hora de la comida sin grasa, los grandes cristales del hotel daban al campo, y Fernanda se preguntó: "¿Me estarán conservando estas paredes de vidrio?" Y de pronto tuvo la certeza de que al que había que conservar era a Jorge y ante esa súbita iluminación regresó antes de lo previsto. "Me sentí tan mejorada que aquí estoy", diría al entrar y se amarían toda la noche.

* * *

Abrí la puerta con mi llave. Era día de descanso para Jorge, hoy, jueves, no iba a la universidad. "Tenías razón al decirme que no era para tanto. Jorge, mi apoyo, Jorge, mi dios, Jorge, la razón de mi vida, lo que yo más quiero en el mundo, allá en la soledad de Ixtapan olvidé a Rufina y la reduje a su justa proporción." Entré feliz a mi casa cachonda, mi casa segura, florecida, mi casa con chimenea como la dibujan los niños. Busqué al amado en la biblioteca, en la sala, en la recámara. No había salido, allí estaba su coche. No quería llamarlo para que no se apareciera Rufina. Seguí recorriendo la casa, y cuando abrí la puerta del cuarto de visitas, me eché para atrás herida de muerte. Por un momento pensé, no es cierto, no he visto nada. Quise regresar la película, correr, salir a la calle, que me atropellara un coche, y en vez de ello abrí la puerta de nuevo. Desnudos sobre la cama, Jorge y la venadita habían levantado las caras al unísono; atónitos, sus ojos sesgados vueltos hacia mí eran los de una presa injustamente herida. Los había cazado, los sostenía en mi hocico, podía encajarles mis colmillos, trozarles la cabeza, y me sorprendió verlos iguales: "¡Cuánto se parecen!" Ambos empezaron a temblar. La venadita escondió el rostro contra el pecho velludo de Jorge. Entonces oí la voz ronca de Rufina tras de mí gritándole a su hija:

–¡Tápate, ponte el vestido, tápate!

Me abofeteó el recuerdo del vacío de hace años cuando vi a Rufina humillada en el Paseo de la Reforma. Desde la puerta, aventó por encima de mi hombro el vestido hecho bola y la niña sin más lo fue deslizando por su cabeza de trenzas destejidas, sus hombros líquidos y estremecidos. Como se le atoró en la punta de los pezones negros y yo los miraba petrificada, Rufina volvió a ordenar:

—Ayúdela hombre, bájele el vestido.

Todo esto lo recuerdo ahora que estoy sentada en la banca del Paseo de la Reforma y el tiempo ha vuelto a girar. Hace años que vengo sola desde la casa-hogar de la tercera edad en la calle de Berlín, porque me queda cerca. No he vuelto a vivir para mí, soy como un títere que hace, dice y obedece sin saber quién es. Veo con detenimiento a las muchachas de minifalda que muestran sus muslos y al sentarse enseñan los calzones, si es que traen calzones. Las observo exonerándolas por anticipado. Nunca se verán en el trance en el que yo me vi, el de bajarle el vestido a las dos mujeres que destruyeron mi vida, porque cuando Jorge no lo jaló encima del pecho de la muchacha, fui yo quien acudió, la saqué de la cama, grité y no sé cómo, puse a las dos en la calle. Jorge ni se movió. Recogí la misma maleta que había traído de Ixtapan de la Sal, dejé mi llave en la mesa de la cocina, tomé un cuchillo y salí después de cerrar la puerta. En el último momento, aventé mi valija y corrí al jardín a decirle al sabino que olvidara lo que había visto, por favor, que ése era nuestro instante final, que no volveríamos a vernos, porque de haberme quedado, habría hundido en la espalda desnuda de Jorge el cuchillo que ahora le encajaba a él, una y otra vez, a él, sí porque él, al cabo era árbol, árbol, le decía yo, eres árbol, mientras lo cubría de ranuras anchas y sangrientas, árbol, árbol, árbol, una y otra vez acero adentro, árbol, hasta que levanté los ojos y vi que sus ramas altas allá en el cielo, parecían mirarme con una infinita consternación.

El corazón de la alcachofa

❖ ❖ ❖

A todos nos fascinan las alcachofas: comerlas es un acto sacramental. Las disfrutamos en silencio, primero las hojas grandes, las correosas, las verde-profundo que la revisten de una armadura de maguey; luego las medianas que se van ablandando a medida que uno se acerca al centro, se vuelven niñas, y finalmente las delgaditas, finas, que parecen pétalos de tan delicadas. Es muy difícil platicar cuando se llevan las hojas de alcachofa a la boca, chupándolas una por una, rascándoles despacito la ternura de su ternura con los dientes.

Llegar al centro es descubrir el tesoro, la pelusa blanca, delgadísima que protege el corazón ahuecado por la espera como un ánfora griega. No hay que darse prisa, el proceso es lento, las hojas se van arrancando en redondo, una por una, saboreándolas porque cada una es distinta a la anterior y la prisa puede hacer que se pierda ese arco iris de sabores, un verde de océano apagado, de alga marina a la que el sol le va borrando la vida.

La abuela nos hizo alcachoferos. A mi padre lo incluyó en esa costumbre cuando él y mi madre se casaron. Al principio papá, que las desconocía por completo, alegó que él no comía cardos. A nosotros, los nietos, nos domesticó a temprana edad. Una vez a la semana, a mediodía, empezamos la comida con alcachofas. Otilia las sirve muy bien escurridas en un gran platón, trae dos salseras, una con salsa muselina y otra con una simple vinagreta. En una ocasión le dieron a mi abuela la receta de una salsa que llevaba rajas de pimiento rojo dulce, huevo duro cortado en trocitos, pimienta en grano, sal, aceite y vinagre, pero dijo que era un poco vulgar, se perdía el aroma específico de la alcachofa. No volvimos a intentarlo. En alguna casa, a la abuela le sirvieron alcachofas con la salsa encima y entonces sí que los criticó: las alcachofas jamás se sirven cubiertas de salsa, imposible tocarlas sin ensuciarse los dedos. La experiencia más atroz fue en casa de los Palacio ya que la abuela vio a Yolanda Palacio encajarle cuchillo y tenedor, destrozar su vestido de hojas, perforarla desde lo alto y apuñalar el corazón al que dejó hecho trizas. Quedó claro que no sabía comerlas. La pobre intuía que había que llegar a algo, como sucede con los erizos y, a machetazo limpio, escogió el camino de la destrucción. La abuela presenció la masacre con espanto y jamás volvió a aceptarles una invitación. Los Palacio perdieron hasta el apellido. Ahora son "los que no saben comer alcachofas".

Las alcachofas, a veces, son plantas antediluvianas, pequeños seres prehistóricos. En otras ocasiones, bailan en el plato, su corazón danza en medio de múltiples enaguas como las mazahuas que llaman vueludas a las suyas. En realidad, las plantas dan flor, pero las hojas se comen antes. La flor las endurece. La flor, final de su existencia, las mata. Al llegar al corazón hay que maniobrar con suma pericia, para no lastimarlo.

La abuela llegó a la conclusión de que la única casa en el Distrito Federal de veintidós millones de habitantes donde se sabe comer alcachofas es la nuestra.

El rito se inicia cuando colocamos nuestra cuchara bajo el plato. Así lo inclinamos y la salsa puede engolfarse en una sola cuenca para ir metiendo allí el borde de las hojas que chupamos con meticulosidad. Nos tardamos más de la cuenta; si hay visitas, su mirada inquisitiva nos observa. Al terminarlas tomamos agua:

–Después de comer una alcachofa, el agua es una delicia –sentencia la abuela.

Todos asentimos. El agua resbala por nuestra garganta, nos inicia en la sensualidad.

De mis hermanos, Estela es la más tardada. Es una mañosa, porque una vez comida la punta de cada hoja, las repasa hasta dejarlas hechas una verdadera lástima a un lado de su plato. Lacias, en la pura raíz, parecen jergas. Ella nunca pudo darle una hojita al hermano menor, Manuelito, porque nunca le quedó nada. Efrén es muy desesperado y es el primero en engullir el corazón verde casi de un bocado y en sopear un pedazo de pan en la vinagreta o la muselina hasta dejar limpio su plato. "Eso no se hace", le ha dicho la abuela, pero como todos están tan afanados en deshojar sus corolas, la acción de Efrén pasa a segundo plano. Sandra habla tanto que se distrae y muchas veces sostiene la hoja a medio camino entre su mano y su boca y me irrita, casi me saca de quicio, porque la pobre hoja aguarda, suspendida en el aire, como una acróbata que pierde su columpio: el paladar de mi hermana. Me cae muy mal que ingiera como si las formas no importaran; creo, de veras, que Sandra no merece la alcachofa. Se la quitaría de mil amores, nos toca a una por cabeza, una grande, porque las que ponen en la paella, según mi abuela, ni son alcachofas.

Cada uno establece con su alcachofa una relación muy particular. Mi abuela, bien sentada, las piernas ligeramente separadas, la cabeza en alto, conduce la hoja en un funicular invisible del plato a la boca y luego la hace bajar derechito como piedra en pozo a su plato, le rinde un homenaje a Newton con sus movimientos precisos. La figura geométrica que traza en el aire se repite treinta veces porque hay alcachofas con ese número de hojas. Las come con respeto o con algo que no entiendo, porque al chupar la hoja cierra los ojos. Lleva constantemente la servilleta doblada a la comisura de sus labios por si se le hubiera adherido un poco de salsa. Come, el ceño fruncido, con la misma atención que ponía de niña en sus versiones latinas, porque de toda la familia es la única latinista. Y se ve bien con la alcachofa en mano, la proporción exacta, la hoja tiene el tamaño que armoniza con su figura.

En cambio, mi padre y la alcachofa desentonan. Mi padre es un gigantón de dos metros. Le brilla la frente, me gustaría limpiársela pero no lo alcanzo, su frente sigue robándole cámara a la penumbra del comedor. Acostumbra usar camisas a cuadros de colores. La alcachofa se extravía a medio camino sobre su pecho, ignoro si va en el verde o en el amarillo y nunca sé si la trae, porque su mano velluda la cubre por completo. La alcachofa necesita un tono neutro como el de mi abuela o un fondo blanco. Nunca podría mi padre ser el modelo de "Hombre comiendo alcachofa", porque el pintor la extraviaría en el proceso.

Una vez rasuradas por sus dientes delanteros, papá archiva sus hojas, como expedientes en su oficina. Cada pila se mantiene en tan erguida perfección que envidio ese equilibrio, porque las mías caen como pétalos de rosa deshojada.

Mi madre es más casual. Las come entre risas. Fuma mucho, y dice la abuela que fumar daña no sólo el paladar sino las buenas maneras. Antes, mamá tomaba el vaso de agua para extasiarse como el resto de la familia. Quién sabe qué le dijo su psicoanalista, que ahora levanta su copa de vino tinto. La primera vez, la abuela la amonestó:

–Ese vino mata cualquier otro sabor.

Mamá hizo restallar un cerillo en la caja para encender su cigarro y la abuela tuvo que capitular.

Un mediodía, en plena ceremonia, papá fue el primero en terminar y nos anunció, solemne, su voz un tanto temblorosa encima de su pila de hojas de alcachofa:

–Tengo algo que comunicarles...

Como Sandra, hoja en el aire, no interrumpía su parloteo de guacamaya, repitió con voz todavía más opaca:

–Quisiera decirles que...

–¿Qué papá, qué? –lo alentó Sandra señalándole con la misma hoja que le cedía la palabra.

–Voy a separarme de su madre.

En ese momento, Manuelito bajó de su silla y se acercó a él:

–¿Me das una hojita?

–Ya no tengo, hijo.

Mamá miraba el corazón de su alcachofa y la abuela también había atornillado los ojos en su plato.

–Su madre ya lo sabe...

–Lo que no me esperaba, Julián, es que soltaras la noticia en la mesa ahora que comemos alcachofas.

–No creo que sea el momento –murmuró la abuela y se llevó el vaso de agua a los labios.

–Los niños no han llegado al corazón de la alcachofa –reprochó mamá de nuevo.

Sé que mamá y papá se amaron. Lo descubrí un día en que mamá distraída no me respondía. A los niños no se les hace tanto caso. Le hablaba en francés y no oía; en español, menos. Leía una revista *Life* de los bombardeos de la guerra; iglesias, casas destrozadas, tanques, soldados corriendo entre árboles, soldados arrastrándose en la tierra, los zapatos cubiertos de sangre y lodo, un cráter hondo de seis metros hecho por una bomba, pobrecita tierra. Mamá parecía un buzo metida hasta adentro del agujero negro. Buscaba con una intensidad angustiada, y entonces comprendí que buscaba a mi padre. Y que lo amaba con desesperación.

* * *

Mi padre se casó al día siguiente de que se fue o casi; años después murió la abuela y su ausencia nos lastimó a todos. Intuyo que murió triste. Aunque era muy pudorosa, mi abuela siempre andaba desnudando su corazón. Mamá tiene un curioso padecimiento en el que está implicado el hígado y la curo con medicinas que contienen extracto de alcachofa. Sigue fumando como chimenea, y en la noche vacío los ceniceros en una maceta del patio; dicen que las cenizas son buenas para la naturaleza, la renuevan. A ella, desde luego no la han rejuvenecido.

Contrariamente a lo que pudiera pensarse, mamá y yo no hemos proscrito las alcachofas de nuestra dieta, aunque mamá alega que la vida la ha despojado de todas sus hojas y le ha dejado el corazón al descubierto. Chupar la hoja sigue siendo para mí una exploración y la expectativa es la misma. ¿Será grande el corazón de la alcachofa? ¿Se conservará fresco y jugoso? La finalidad de mis pesquisas es llegar al sitio de donde partieron todas mis esperanzas, el corazón de la alcachofa que voy cercando lentamente a vuelta y vuelta. Amé mucho a un hombre y creo que fui feliz porque todavía lo amo. Después amé a otros pero nunca como a él, nunca mi vientre cantó como a su lado. En realidad, amé a los siguientes por lo que en ellos podría hallar de él. A ratitos.

Mi piel ardía al lado de la suya en el café, en la cama, todos los poros se me abrían como las calles por las que caminábamos, él abrazándome; qué maravilla ese brazo sobre mis hombros, cuánta impaciencia en nuestro encuentro. La magnitud de mi deseo me dejaba temblando. Él me decía que ese amor no iba a repetirse jamás.

Una mañana, al primer rayo de sol, entre las sábanas revueltas se inclinó sobre mi cara aún abotagada por el sueño y la satisfacción y anunció quedito:

—Han pasado dos meses, mi mujer y mis hijos regresan de sus vacaciones.

Sentí que la recámara se oscurecía, que su negrura me caía encima. Él me abrazó.

—No te pongas así. Ambos sabíamos que no podía durar.

Empecé a sollozar.

Entonces me habló de mi corazón de alcachofa, que todos en el trabajo comentaban que tenía yo corazón de alcachofa.

—También dicen que tomas las cosas demasiado en serio.

No volvimos a vernos.

Otilia se fue y mamá y yo lo sentimos porque no hemos vuelto a tener tan buena cocinera. El peso de los ritos alcachoferos ha marcado los últimos años de nuestra vida. Las primeras hojas mojadas en la salsa muselina o en la vinagreta todavía son un placer, nos infunden valor, pero ya cuando vamos a media alcachofa, a media operación en común, mi madre y yo nos miramos, no me quita la vista de encima y yo se la sostengo años y años. Tiene la mirada del que no sabe para qué vive. Quiere decirme algo... algo herido pero yo no la dejo. Quizá nos hemos rodeado de hojas más altas que nosotras como las alcachofas, quizá va a asestarme la horrible certeza de haber equivocado la vida, mi única vida.

Los bufalitos
❖ ❖ ❖

Tres mil liras cuesta el ingreso. Los bufalitos mojados dejan en el guardarropa sus mochilas parchadas a la manera cubista: shocking pink, verde limón, escarlata, amarillo congo, violeta, plata, oro, pero ninguno abandona su chamarra Canadienne, Frozen Wave, Lacoste, Adidas. Su olor a borrego mojado invade el recinto. Piafan, sus pezuñas Nike bailan en un solo sitio, levantan el lodo que trajeron de la calle, sus patas baten la tierra. Algunos traen libreta para tomar apuntes. El cuidador del Palazzo Re Enzo señala: "Por aquí", con el índice. Otro índice descomunal en la pared acompañado por una flecha apunta a la derecha, pero los bufalitos toman la dirección contraria: "Ma ragazzi... no vamos a empezar por el final", los reconviene una puntiaguda voz de mujer.

Sus vientrecitos rebotan cuando se agolpan empujándose y sus muslos se rozan al querer entrar todos al mismo tiempo; la suya es una confusión de piernas y brazos; tropiezan, qué torpe manada; por fin, se encaminan a codazos, lomo contra lomo, un solo hatajo de cabezas, hombros, pelambres que gira pesadamente. Uno de ellos masca chicle, lo hace bomba, lo truena, y recuerdo que alguna vez encontré un chicle pegado al marco del Kupka. ¿Por qué no sonó la alarma? ¿Cómo se me fue el vándalo? Ese día no comí. La maestra ni siquiera le ordena que lo tire. Las bestias encajan sus cascos en mi cabeza, quieren acabar con el museo, con Bolonia, acabar con el planeta, acabar con el universo. Hacen ruido en un recinto en el que, en tiempos normales, un estornudo puede provocar una conmoción. Me escandaliza la barbarie ajena porque sólo reconozco la alta civilización de los lienzos que cuido.

A la mitad del muro, resplandece frente a sus ojos un cuadro: "Los amantes". Cuelgan lánguidas las ramas de un sauce, las hojas sombrean el rostro sonriente y ojeroso de la mujer, el vestido blanco iluminado por un rayo de sol, el cuello envuelto en ondulaciones de gasa atadas por un listón de terciopelo cobalto, toda la gracia de Renoir se condensa en la levedad de la luz dorada. Dos o tres amapolas, se asoman entre el pasto, sin duda el amante las ha pisado al alargar la pierna a los pies de su amada. Una ligera brisa flota en el aire.

Los bufalitos levantan y agachan su testuz, embisten y se precipitan dentro de la pintura, destrozan el paisaje, hacen trizas el pasto, rompen las ramas, ensalivan a la enamorada. "Bellissimo, bellissimo", remedan a su maestra.

–Sembra vero.

–¿Qué estación creen ustedes que sea?

–Invierno –la desafían.

La maestra no los oye. Sólo escucha la brisa pintada. "¿Otoño o primavera?", pregunta sin pensar. Giacomo, el más aprovechado, responde buscando sus ojos: "Es el inicio del verano, el sol ha enrojecido algunas hojas en las acacias". La maestra le sonríe con creciente embeleso. Renoir la transporta a la dulzura del campo en Francia, a los jardines como pañuelos, las hojas más tiernas, los reflejos de la luz en el agua, las barcas de remo y las bañistas sonrosadas. "Pongan atención al balbuceo del agua." Es cierto. Esta maestrita de escuela dio en el clavo. Nada es más fértil que el agua. Monet y Renoir buscaron sus reflejos cambiantes en el mar y en el río, en la nieve y en las puestas de sol que la cubren de vapores de oro. Juntos pintaron "La Grenouillère" y desde entonces la felicidad se nos llenó de ranas, las mujeres se aficionaron a su verdor resbaloso y las ancas de rana se volvieron delicatessen. Dame tu anca de rana, amor, para degustarla. A diferencia de la fábula, ahora los príncipes se convierten en sapos, porque el sapo es todo corazón como dijo el cuentista. "¿Han advertido los hoyuelos en las mejillas de la niña? Todas las mujeres de Renoir tienen hoyuelos y casi todas son pelirrojas." "¡Ay qué daría yo por tener un hoyuelo aquí!", una bufalita señala su mentón. "Observen con detenimiento –la ignora la maestra–, ésta es una fiesta para los ojos."

¿Qué estación? Primavera. "Si acaso verano", Giacomo tiene razón, les aclara tan lánguida como la enamorada del cuadro. "Vean, las pinceladas se alargan, la luz del día se debilita, los colores se difuminan como el fuego que se apaga. ¿Es aquél un rosa pálido o un lila?"

La maestra navega en un espacio confidencial.

–Estas hojas como a la deriva, parecen no haber existido jamás.

Un bufalito se separa de la manada. Otro pregunta si puede rascar el marco para ver si es oro. La maestra no responde, la envuelve una música que sólo ella escucha.

–Y ahora, veamos de lejos los efectos de la luz. Miren el cuadro desde acá y díganme qué ven.

Fija los ojos en los enamorados del lienzo. Veo sus piernas flacas, de pájaro quebradizo, como quebradizas las pinceladas de los impresionistas. Los bufalitos se pican el trasero, chocan entre sí, dan manazos, se echan punes y culpan al vecino, ríen, los cabellos cándidos de una muchacha rozan la mejilla de un gordito que los atrapa con su boca y los chupa.

–Bellissimo. Di rara bellezza. Acerquémonos de nuevo y denme su impresión.

Una bufalita le pone las manos en la cara a otra bajita, que muge porque le ha tapado los ojos. Se empitonan. Otro aprovecha para abrazarla por detrás, hacerle cosquillas. La bufalita más alta se quita el suéter y todos la miran a la expectativa del centímetro de piel que pueda aparecer entre el blue jean y la blusa. La maestra, ausente, repite: "¿Qué ven? Monet y Renoir descubrieron el instante. Dentro de quince minutos la luz será distinta. Los objetos cambian de tonalidad bajo la luz del sol, miren cómo el agua reverbera con un brillo irisado, el impresionismo es el centelleo de la luz. Todo está en movimiento, todo se transforma continuamente como ustedes. Ya casi no son niños, mañana no serán los mismos. Éste es un momento excepcional en su vida, ven, ése es el impresionismo, el recuerdo del deslumbramiento anterior. Renoir fue muy valiente, Pissarro y Monet también". La maestra baila extasiada. "Los pintores consultaban el sol, entrecerraban los ojos para aventar la luz a puñados en su tela. Daban una pincelada y con los ojos de su cerebro recuperaban la frescura de la hierba, la impresión óptica quedaba en su retina, clic, sí, eso es, una fotografía, clic, el jardín de Monet en Giverny podría ser una fotografía; tomaban de nuevo su distancia y de lejos apreciaban el efecto para regresar casi sin aliento a dar otra pincelada que dejaban caer como pluma de ganso sobre el lienzo, aprisa, aprisa, se va la luz y ¡zas! estallaba la obra maestra. Alguna vez Renoir declaró que una mañana en que a él y a Monet se les acabó el color negro, nació el impresionismo."

Las bufalitas imitan a su maestra, se acercan, se alejan, sus pechitos son pelotas de ping-pong, van y vienen en el movimiento de sube y baja del amor, se mecen como ella en un columpio invisible frente al lienzo (¡Ah, Watteau!), a ella también le tiemblan los pechos tras la blusa blanca. Ninguna de las bufalitas lleva sostén, sólo una gorda trae los pechos amarrados a su torso de Walkiria.

En torno a mí jadean, así son las niñas, siempre están recuperando su aliento, pasan su lengua de becerro sobre sus labios, saboreándolos, y yo quisiera darles su primer beso. Bueno, no a todas, pero sí a esa que parece un primitivo flamenco. Seguramente sus ancestros proceden de los Países Bajos.

De repente vienen hacia mí. Su súbita acometida me toma desprevenido, tengo que hacerme a un lado para que no me arrollen, me miran con sus ojos fuertes, no se dan cuenta hasta qué grado son sugestivas, vibrantes, todo en ellas inquieta; hasta sus pestañas largas y húmedas derrochan energía; un estremecimiento las recorre y se prolonga en el cuadro. Quisiera reconvenirlas, respetuosamente claro está. "Señoritas, tengan piedad de mí, soy un hombre trabajado por la vida, miren bien mi epidermis surcada de arrugas y de cicatrices." ¿Cómo decirles a estas becerritas de panza que me acuesto tan extenuado que no puedo dormir? Vuelven su cabeza desdeñosa, su piel relampaguea como un fuetazo. Son verdaderos agentes provocadores. Una me examina frunciendo el entrecejo y pienso en su culito que a su edad debe estar apretadísimo.

Ellos llegan con sus zapatones, sus tenis de talla descomunal, guarnecidos de parches de colores que lastiman la retina, aerodinámicos, interplanetarios, porque desde que el hombre pisó la Luna, todos los estudiantes se visten como extraterrestres y sus bolsas de tela inflamable han suplantado a los materiales nobles. ¿Y si le echara yo un cerillo a todo ese plástico?

A la maestra le estoy tomando afecto. ¡Cómo mira los lienzos, Dios mío, como si no deseara nada más en el mundo, como si eso fuera todo lo que ella pudiera anhelar jamás! Avanza a pasos lentos, embobada. Se desentiende de su grey abominable. Algunos se han sentado en el suelo sobre sus cuartos traseros a tomar notas, qué bichos, ven los cuadros a cuatro patas, resoplando. En cambio, la maestra va de una sala del museo a la otra sobre sus patitas que no tocan el suelo, creo que levita. Me siento muy afortunado de poder verla desde mi rincón de sombra. Los bufalitos ahora me inspiran simpatía, sobre todo porque hace un momento se quedaron en suspenso ante un Cranach y la maestra exaltada levantó la mano izquierda frente a sus ojos como para atajarse el sol y dijo con una emoción que les hizo guardar silencio: "Creo que nunca volveremos a pasar una tarde como ésta". Después volvieron a rascar el suelo, a testerearse los pitones y uno se acercó tanto al Carlo Crivelli que tuve que levantar la voz. Otros se dieron de codazos socarrones frente al niño Jesús de Petrus Christus, que montado en las piernas de la Virgen exhibe su sexo: "Mira es del tamaño de un *escargot*". ¿*Escargot* en francés? El niño me dejó sorprendido y le agarré antipatía. ¿Por qué decía *escargot*?

De nuevo tuve que llamarle la atención al dichoso Bruno:

–Si pisas más allá de la raya, va a sonar la alarma. Automáticamente serás expulsado del museo.

–¿Cuál raya? –me desafía con su nariz ancha y sus ojos bovinos–, no veo ninguna raya.

–Lo que te digo es que no puedes tener la nariz pegada a la tela.

Quién sabe qué oyeron en mi voz que sentí que todos me

miraban en medio de un gran silencio. Al cabo de unos segundos lo rompió la maestra:

—Este museo es una verdadera persona, miren, nos va guiando, sólo puede oírse la voz de los lienzos y es una voz armoniosa, femenina. Shhhhht, shhhhht —la maestra se lleva un dedo a la boca.

En efecto, los bufalitos ya no hablan tanto, aunque Ruggiero y su compañera siguen sacándose los mocos e intentan pegarlos en la mejilla del otro. Ensimismados, escoltan a la maestra como si se hubieran convertido en su sombra. Ella los ha hipnotizado. Como a mí.

A lo largo de los años he comprobado que a los adolescentes no les interesa el arte y su única pregunta es ¿a qué horas nos vamos? Algunos se detienen, sí, pero son los adultos quienes tienen mayor capacidad de asombro, quizá porque han sufrido. Rara vez sucede lo que ahora atestiguo: bufalitos domesticados que doblan su testuz y escuchan.

La maestra aparta un mechón que le cae sobre la frente y constata con voz grave: "Creo que ésta es una de las tardes más hermosas que me ha tocado vivir", y la miro pensando que también podría ser la mía. ¿Cuál fue la tarde más bella de mi vida?

—La hora del día, la luz es crucial —confirma.

De pronto vuelve los ojos hacia mí, y yo que pensaba que no me había visto, e interroga con su voz de niña:

—Es el Renoir, ¿verdad, guardián?, el que lo tiene fascinado.

Los bufalitos también me miran, supongo que por morbo. Salgo de mi hondo barranco y respondo con mi voz destrozada por el tiempo:

—El Renoir me encanta, pero me identifico con el Rembrandt.

Me examina y estoy seguro que adivina que vivo en una habitación con muchos libros, una cama sin hacer, una parrilla eléctrica y una taza de té con hojitas apelmazadas en el fondo. Es la primera vez que me ve, pero lo sabe todo de mí, o casi.

—En lugar de comer, Renoir corría al Louvre. ¿Alguno de

ustedes dejaría de comer y vendría a alimentarse espiritualmente? –pregunta en mi dirección aunque interrogue a sus alumnos. Probablemente lo dice por mi evidente flacura o porque quiere atribuirme las pasiones de los impresionistas. Llevo tantos años sentado en este taburete de madera que he pasado a ser parte del mobiliario y estoy acostumbrado a que la gente me ignore.

–Vamos a ver este Monet. Era contemporáneo de Renoir, y como él, rompió con las rígidas reglas del clasicismo. También Monet se olvidaba de sí mismo al grado de que por poco se le congelan el rostro, las piernas y las manos cuando, en medio de la más espesa tormenta, pintó a Londres bajo la nieve.

De nuevo me mira. ¿Qué verá? ¿Qué verá en mí sino a un hombre cansado, de pelo gris como su uniforme, gris como su saco raído, gris como la pared vacía de la entrada? La maestra les indica otro cuadro y caminan hacia él sin garbo alguno. El aire está muy cargado.

Ahora es la maestra quien me observa desde la otra sala. La intrigo. Quizá piense que se está perdiendo de algo. Tiene miedo de que se le vayan los sentimientos, las sensaciones, los encuentros, los trenes. Oigo sus pasos yendo y viniendo, repiten el juego, para atrás, para adelante. Qué simple su espíritu. El atolondramiento de sus pechitos sigue conmoviéndome.

"De cerca es una costra", se queja el que pronunció la palabra *escargot* y responde al nombre de Bruno. La mirada de ese búfalo rebota en los lienzos. "Son manchas, yo también puedo manchar igualito." "Brutto, molto brutto."

"Basta", grita ella con una energía insospechada. Vivo en el breve intervalo de su ira. Algunas cabezas se vuelven hacia mí. "Bruno, tú no has tomado una sola nota..." No le está hablando a Bruno, cualquiera que sea esa bestia peluda; me habla a mí, quiere que yo me dé cuenta; su candor la hace casi bella...

–¿Cuántas liras cree usted, maestra, que vale esta obra?
–Miles de millones...

Al bufalito le gusta la respuesta y comienza a estimar el arte.

* * *

En el último mes del año escolar, cuando los colegios organizan visitas guiadas, los maestros han llegado al final de sus fuerzas, y los palacios señoriales con tesoros artísticos de Florencia, de Venecia, de Bolonia quedan a merced de la cornamenta de los bovinos; no sólo de sus ojos redondos y voraces, sino de sus vientres y sus excrecencias. Para entonces, los maestros ya no reaccionan, dejan a los niños que hagan lo que quieran. Los gritos en clase, los castigos semanales, la discusión con los padres de familia, que invariablemente culpan a la escuela del poco aprovechamiento de sus vástagos, han acabado con su energía.

Mi museo es un antiguo palacio de recintos amplísimos, techos altos, nobles proporciones que atestiguan la grandeza de su pasado. Hasta el vasto espacio es aristocrático. Extraño la arrogancia con la que debieron moverse los miembros de la corte. Lacia, volátil, libélula de sí misma, la maestra Roberta, así la llamó una bufalita, por fin libre de responsabilidad, se transporta, perdiéndose en la pintura, aunque de vez en cuando advierta al más insolente, al más alto, Bruno: "Recuerda que una mala calificación en Historia del Arte bajará tu promedio".

Al pasar de nuevo frente al taburete en que me he derrumbado después de tanta intensidad, porque de mí no queda sino este montón de huesos mal cubiertos, la maestra viene hacia mí y dice con cierta aprensión pero en voz alta: "Mañana volveré, pero yo sola". ¿Qué no se dará cuenta de que todas las desventuras se me echaron encima? ¿Por qué pretende cambiar mi destino? ¿O qué es lo que busca?

Aunque me he repetido toda la noche que no iré al Palazzo Re Enzo, que llamaré temprano a mi suplente, en el momento mismo de abrir los ojos en la madrugada estoy absolutamente seguro de que a las diez en punto entraré por la puerta del museo. He tenido pocas certezas a lo largo de la vida y ésta es una de ellas. No me pongo el uniforme sino un saco de tweed que me da confianza. Llego al Palacio y un sobresalto de júbilo me hace adivinar que allí está, que no ha mentido, que acudió a la cita, sola, sin sus hordas intergalácticas. De pronto, sin más preámbulos, me tiende un paquete: "Un recuerdo...", dice con coquetería. Es el primer regalo de mi vida. Me quedo estupefacto. "Ábralo", me alienta con ojos risueños. No sé abrir regalos. Contengo la respiración, algo especial e incomprensible está a punto de ocurrir, algo que hace que el pecho me duela. Es una diminuta ánfora de Murano. "¡Ah sí! –le digo casi sin aliento–, Renoir también pintó en Venecia la plaza de San Marcos." Juntos recorremos la sala de los impresionistas deteniéndonos ante cada lienzo en un rito que aún ahora me sobrecoge. Mientras hablo me mira con insistencia y eso me turba. Al terminar, me ofrece: "Si usted quiere, mañana podría venir a la misma hora y veríamos la sala del Cinquecento fiammingo. Decidí quedarme en Bolonia varios días".

En la noche, oigo su voz, repito sus palabras, vuelvo a mirarle las piernas, sus pechos ofrecidos, le quito la blusa, la desnudo, huele a mandarina y recuerdo la reverencia en sus ojos en el Re Enzo, la avidez con la que escuchaba el menor de mis comentarios. Hasta parecía admirarme. Jamás a lo largo de mi ya larga vida me había sentido tan bien. Llevo conmigo el vasito de Murano, cabe perfectamente en el bolsillo pechero de mi saco y se acomoda como un ser viviente en el armario de mi corazón. ¡Cuánta suerte la mía! La maestra me cambia la vida. ¡Qué anhelo verme reflejado en sus ojos, oír su risa, mirar el resplandor de sus dientes, su forma de venir hacia mí, delicada, abierta, ofrecida! La otra mañana, por poco y me besa. Estoy seguro de que pensó en abrazarme y algo la detuvo. No comprendo este inmenso regalo que me es dado al final de mi vida; tengo el corazón deshecho. Puede hacer conmigo lo que quiera. Cada día estoy más cerca del momento en que me atreveré a tomarla entre mis brazos, donde sea, en pleno museo, en la calle, en la plaza pública. ¡Oh cómo quiero besarla! Mis ojos felices se deslizan por su rostro milímetro a milímetro, me la como a besos, mis labios bajan hasta su pecho, descubren sus pezones y siguen hasta el vientre.

Por primera vez entiendo que no nací sólo para vigilar a los demás, aunque proteger a El Tintoretto, Bellini, Carpaccio y Francesco Guardi no sea nada deleznable y tenga yo burilados en el alma cada uno de sus trazos. Ahora ya no estoy tan seguro de mis más íntimas convicciones. Le he pedido poco a la vida, pero desde que amo a Roberta quiero arrebatarle todo lo que desconozco, estirarme cuan largo soy en el jardín de las delicias, romper las amarras. Amar también es una acción civilizadora.

Me ha dado por salir al atardecer a sentarme a una mesa de café, cosa que nunca he hecho. Pido un Campari y lo disfruto sorbo a sorbo mientras veo a los paseantes. Una pareja en una mesa vecina se besa largamente y hace un mes me habría cambiado de sitio, pero ahora los miro y pienso en el momento en que podré besar a Roberta con esa misma fogosidad. Los observo e imagino que soy yo. Oigo lo que ella le dice a él cada vez que recobra el aliento: "Amor mío, cómeme, cómeme el corazón".

Es hora del cierre y me barren fuera del café. Todos los meseros de Italia hacen lo mismo. Toman la escoba y la arrastran entre las mesas. Camino por calles borrachas hacia mi casa y me descubro feliz. El agua me refleja. Soy un hombre de cuerpo entero. Soy un árbol que camina. Mañana iré a comprarme un pantalón, quizá un blazer, camisas claras. Necesito trusas. Algo moderno. Renovarse o morir, qué lúdico el lugar común. La gente cree que a los guardias nos han sepultado en vida, que no sabemos sino del rincón asignado a esa vigilancia de cancerbero que nos vuelve vengativos. Enfermos de luz eléctrica, aguardamos rencorosos y ensimismados la hora de salida. Sólo tenemos ese pasado sordo, lleno de espera. Nunca me ha preocupado ser un hombre rutinario, pero sé que, al sentarme en el banco del museo, mi espíritu no se dobla igual que mi pantalón. Un visitante le informó a su compañero que los guardias cumplíamos la misma función que "Madame Pipí", la cuidadora de retretes. "Ninguno de estos custodios ha impedido jamás el robo de un cuadro", dijo despectivo. Lo cierto es que mi cerebro está exacerbado de tanto acechar el menor movimiento y adivinar las intenciones del público que finge ensimismarse. Los observo, listo para atrapar el menor de sus equívocos. De tanto contemplarlos, los veo como la formación de una gotera que jamás deja de caer. Irrita y se fosiliza. La fila-estalagmita entra, se detiene, abre la boca, se acerca mucho a los letreros al lado de los lienzos, camina hacia la otra sala, continúa con esa expresión expectante de los sordos. Los escolares toman nota y todo ello se presta a la melancolía, encarnan la rutina, la domesticidad, lo que no me gusta de mí. A la mayoría se le va lo más importante, la tropa pasa sin ver los Rembrandt. Sólo hace años me emocionaron dos mujeres. La más joven le describía en voz baja a la mayor un descendimiento de la cruz de Rosso Fiorentino que trajeron de Volterra sólo por unos días. "Ah sí, ya veo, ya veo", respondía la mayor con una voz que venía desde el fondo de su juventud. Me acerqué. Estaba ciega. Seguro, no lo era de nacimiento, porque recordaba, y aunque sus párpados permanecían cerrados, su rostro veía.

Ahora, el rostro de cereza Renoir de Roberta enrojece mi vida, abre las puertas, hace que la sangre corra por mis venas en un flujo vertiginoso.

A punto de llegar a mi casa, al doblar la esquina de gruesos muros oscuros, la presencia de otra pareja me sorprende. Soy su cómplice. Pero a los diez metros, algo me inquieta y vuelvo la cabeza hacia atrás. La certeza me apuñala. Es Roberta besándose con alguien.

Regreso. Necesito comprobarlo. Oigo el pegajoso aliento, los resoplidos malolientes que van subiendo por sus pantorrillas, luego sus corvas, el hombre ladea su cerviz, me estalla la cabeza en latidos, "¡Roberta!", grito y al reconocerme los que se besan se separan azorados. Levanto mi brazo en el aire y Bruno (porque es él) prorrumpe a bramar. De su pecho de futbolista sale un sonido gutural, repugnante. Lo he interrumpido en un acto fisiológico. Ella me mira como si de repente descubriera todas las cosas tristes y brutas del mundo. ¡Qué negro es su rechazo! Roberta y Bruno todavía bufan, vueltos hacia mí, están a punto de dar cornadas secas en contra del burladero que les impide proseguir su faena, y que soy yo. Entonces dejo caer el brazo, me hago para atrás, recojo mi rostro de hombre de setenta años y les doy la espalda. Una voz interna me desgarra: "Olvida todo, olvida tus fracasos, olvida el pasado, excepto lo que vas a hacer ahora y hazlo". Camino hacia el Palazzo Re Enzo, me arranco el saco de tweed que tanta confianza me dio, lo tiro y, antes de que llegue al suelo, sé que la copita de Murano se romperá. Busco entre la lluvia de mis lágrimas la diminuta puerta trasera de la que tengo llave, porque nadie trabaja durante cincuenta años sin llegar a ser empleado de confianza. Entro y prendo la luz, ilumino una a una todas las salas hasta llegar a la de Renoir. Frente a "Los amantes", me detengo, acomodo con la mano la potencialidad de mis genitales, que todos sepan, que todos los vean, testuz, testículos, mi hombría, tomo vuelo y, el cuello doblado, embisto con la fuerza de mi gran cuerpo negro contra el Renoir. De un salto lo penetro y los enamorados vuelven los ojos espantados y al verme tan descompuesto se levantan al unísono, algunas briznas de hierba loca en la bastilla de sus ropajes; vienen hacia mí, me abrazan, me besan, pasan sus dulces manos entre mis cabellos grises, me peinan, acarician mi barba hirsuta. La novia sobre todo me besa, es una fruta en mis labios y me jala hacia el perfume total de sus senos blancos más atractivos que los de Roberta. Hundo mi rostro entre esos pechos, desaparezco, pierdo realidad, el verdor fresco me envuelve, tengo cerezas en vez de ojos, oigo el croar de las ranas, mi sexo, lo sé, se ha aquietado, vuelto sobre sí mismo es apenas un caracol, mi cuerpo entero gira en espiral, soy más bello que todas las conchas del mar, me ahogan mis propias lágrimas, mi cuerpo me lleva cada vez más adentro, más adentro, más adentro, ya no lo siento, lo voy perdiendo, me enredo fácilmente en torno a la cabeza de mi enamorada, todavía soy su listón azul cobalto, soy luz y color, me diluyo, soy apenas una pincelada, quisiera decirles lo que sé sobre la teoría de la luz, pero ya no hay tiempo porque me he vuelto una impresión óptica, me voy, me voy, soy el pequeño disco rojo de sol reflejado en las aguas que Monet pintó en El Havre, soy todo el naranja de un amanecer ilusorio, soy la señal en el ojo del pintor, un punto rojo, soy... ahora sólo yo ignoro lo que soy.

Chocolate

–Si hoy no viene, mañana iré a buscarlo.
–Pero señora, ¿a dónde? –gruñó Aurelia.
–¿Recuerda usted que dijo que vivían por Santa Fe?
–Señora, Santa Fe es toda una loma, altísima de grande... Ni calles tiene, puros baldíos.
–No importa, iré.

Un primer viernes apareció Chocolate, un perro de ese color. Grande, fuerte, pachón, con patas de calcetín blanco y una pecherita también impoluta, sus ojos, continuación de su pelambre, más expresivos que los de Emiliano Zapata. La abuela, que esperaba un taxi en la esquina, lo llamó "perro", "perro", y al verlo hurgar en el bote de basura, le ordenó a Aurelia traer una telera.

–¿No me regala a mí también un pan? Soy el dueño del Chocolate –se acercó un pordiosero.

Así se inició un ritual ya no de los viernes, sino de cada día entre las doce y la una de la tarde. Mi abuela salía a la esquina y, al verla, los ojos de Chocolate se volvían líquidos y se acercaba bajando la cabeza para pegar su frente contra las piernas de mi mamá grande. Embestía durante unos minutos hasta que la abuela lo apaciguaba: "Ya, Chocolate, ya, Chocolatito", y entonces movía la cola y ponía su hocico húmedo en su mano enguantada. La abuela le daba su pan. "¿Tienes sed?", le preguntaba, y Aurelia traía leche en una escudilla. También el dueño del Chocolate recibía unas monedas. "Pa' mis cigarros." "Pa' mi chupe." La conversación no pasaba de: "¿Cómo amaneció hoy el Chocolate?" "Bien", respondía el viejo.

En la esquina de Morena y Gabriel Mancera, la gente se detenía no sólo a ver a la señora de sombrero, zapatos de hebilla y bastón, sino al perro que al lado del desasimiento del mendigo, resultaba un fuego de artificio. Era tan evidente su deseo de gustar que uno concluía: "Éste no es un perro, es un amante". Durante algunos minutos trotaba, otros se levantaba sobre sus patas traseras y en el momento en que empezaban a flaquear, tomaba vuelo, se impulsaba y las cuatro patas retozaban alto en el aire. ¡El ballet ruso jamás habría logrado semejante proeza! La gracia de sus cabriolas atraía la vista de todos; había en ellas picardía y seducción, como si fuera a jugarnos una broma que ya desde antes nos hacía reír. ¡Qué despliegue de agilidad! Era asombroso comprobar que un perro tan robusto tuviera propiedades de duende. A todos divertía con su jaraneo. La curvatura de sus músculos formaba rondas infantiles y hacía creer a su público que la vida es un juego de niños. "Ese can debería estar en un circo." "¿De qué raza es?" "A lo mejor es el diablo", exclamaban. Todo este fantástico despliegue de habilidades era el tributo que Chocolate le rendía a mi abuela.

–¿El Chocolate no tuvo frío ayer? En la tarde llovió y pensé que... Dígame, ¿se enfrió?

–No –refunfuñaba el viejo.

–¿Tiene cobija?

–No.

–Aurelia –ordenaba mi abuela–, tráigale una cobija.

–¿De las usadas, verdad?

–De las nuevas. Traiga usted una blanca.

Aurelia iba de mala gana. Protegía los bienes de la abuela como cancerbero.

–¿Y dónde está su casa? –proseguía la abuela.

–¿Cuál casa?

–La del Chocolate.

–Pos él vive conmigo.

–Dígame dónde.

–Pos por allá por la loma.

–¿Cuál loma?

–Pos Santa Fe.

–¡Ah! ¿Y qué le da usted a mediodía?

–Lo que caiga.

–No le entiendo. Mejor que me lo diga el Chocolate. En fin, está gordito, se ve bien.

El viejo mascullaba algo entre dientes; tenía razón la abuela, no se le entendía. A lo mejor él era quien no entendía la actitud solícita de la señora grande.

–Esta noche arropa usted muy bien al Chocolate en la cobija.

El viejo ni siquiera parecía verla. La abuela le ordenaba, impaciente:

–Mire usted, pone la cobija doble y envuelve al perro como un taco para que no se destape.

Después mi mamá grande habría de comentarle a Aurelia: "Qué viejo más limitado, pobre Chocolate. Estaría mucho mejor conmigo".

–¿Y la escudilla que le regalé la semana pasada para su comida? –le rezongaba Aurelia al mendigo.

* * *

Mi abuela era de las que decían con una sonrisa y la altanería de su nariz respingada: "No le hablo a usted, sino al perro".

* * *

Veintidós perros, a veces veintisiete y en alguna ocasión treinta, ciento veinte patas, treinta colas acompañaron mi infancia y adolescencia, pero entonces las criadas protestaron y la abuela decidió mandar a algunos al asilo de trescientos cincuenta perros y veinte gatos mancos, tuertos, cojos, tullidos, roñosos, calvos, atemorizados, machucados. "Es sarna", explicaba ella con toda tranquilidad, aunque alguna vez la contagiaron. Aurelia, la recamarera, y Cruz, la cocinera, compraban polvos de azufre amarillo y la abuela los ungía despacio para no humillarlos. Si tenían uñas de bruja o de vedette de tan largas, me tocaba llevarlos al veterinario a que se las cortara. Eran piedras esas uñas. Volaban como bólidos mortales y el veterinario Appendini usaba unos pesados alicates. "Quítese, niña, no vaya yo a sacarle un ojo", advertía.

En realidad, los perros, sus ojos dos preguntas, fueron mis hermanos menores, yo les llevaba cierta ventaja por ser la nieta, pero no mucha. Los preferidos dormían en la cama de mi abuela, y a mí eso nunca me tocó, salvo cuando iba a morirse y sentía mucho frío. Los perros se movían bajo las cobijas, a veces gemían.

–¿Por qué, abuela?

–Es que sueñan.

–¿Qué sueñan?

–Sueñan conmigo. Sueñan que los acaricio.

Mientras la abuela desayunaba acompañada de su jauría, Aurelia, en la planta alta, levantaba del piso los periódicos orinados y trapeaba con agua y creolina. Las cacas en conos de papel periódico iban a dar a la basura para que los pepenadores los abrieran como una caja de chocolates de "Sees". De esa casa encalada y blanca, de sábanas con monograma, sillones y sillas firmadas, cuadros atribuidos a Da Vinci, salía más mierda que de toda la cuadra, quizá de toda la colonia del Valle.

* * *

Alguna vez aventuré "un hot dog", cuando Cruz le preguntó a mi mamá grande por el menú, y no caí en gracia. Salí con mi cola de perra entre las piernas, aunque desde luego, de toda la jauría fui la perra más consentida, la cachorrita de hocico húmedo (señal de buena salud) que la abuela llamaba trufa por su tierna frescura.

Cincuenta años después, aún oigo sus patas en la escalera; descienden atropellándose, mordiéndose, un relámpago de hienas, los detesto, me horrorizan, los amo, me obsesionan, gruñen, ladran, porque al llamarlos uno por uno, la abuela los electrizaba. "Buenos días, señores perros, buenos días señoritas", los saluda: "Violeta", "Tosca", "Rigoletto", "Norma", todas las óperas, saltan en torno a su bata celeste disputándose el pan dulce: "Para ti una flauta, Dicky, para ti la concha, Amaranta, tú, el cuerno, Simón, tú, una banderilla, Mimosa, tú, Chango, sólo un bolillo porque le diste tan mala mordida a Brandy que por poco muere".

    Cuando se hacían viejos, mamá grande me enviaba al veterinario para que los durmiera. Me tendía un bulto envuelto en una toalla, "il faut l'endormir", indicaba, "la muerte es sueño", contradiciendo a Calderón. Sin embargo, para mí hasta la muerte de un perro es un gran escándalo. Llevé a Blanquita (su mirada me buscaba), y le metieron un fierro en el culo y otro en la boca y el doctor me pidió: "Súbale al switch". (A la Blanquita nunca le tuve simpatía porque se rascaba durante horas, y bruscamente hundía su hocico entre su pelaje para abrirle un surco y taladrarlo a mordidas, ta, ta, ta, ta, ta, su labio superior mostraba unos dientes amarillos crueles y largos. Se ensañaba contra sí misma hasta sacarse sangre. Sin embargo, ese día me sentí muy mal.) La perra se encorvó y saltó como una trucha que intenta escapar para caer cadáver sobre la mesa de operación. Al bajar la escalera del consultorio, sentí que yo era la que llevaba el fierro en el culo.

    El jardín es un camposanto canino, cada metro cuadrado de tierra cobija a un perro. Almendrita yace bajo el rosal de rosas amarillas, un flamboyán cobija a Robespierre, y así hasta llegar a el Duque, al que le tocó un huele de noche. Los perritos florearon, ya son perritos, como llaman en México a los hocicos de lobo de todos colores que atrapan en el aire a los insectos.

* * *

Hacía ya tres semanas que día tras día mi mamá grande y el mendigo sostenían el mismo diálogo en la esquina de Morena y Gabriel Mancera. Si la abuela había salido, Chocolate y el viejo aguardaban sentados en el borde de la acera hasta verla bajar del taxi, mostrando los múltiples encajes de su fondo. Ella se apresuraba hacia ellos; el Chocolate corría a su encuentro, el viejo se hacía el desentendido. Si acaso el Chocolate llegaba tarde, también la abuela iba y venía de la puerta abierta del jardín a la calle.

Pasaron meses, cambiaron las estaciones. La abuela se veía muy bella con su sombrero de paja y su vestido ligero, o su sombrero negro de invierno y su traje negro escotado, la medalla de la Virgen de Guadalupe colgada de su cuello. Los automóviles reducían la velocidad frente a la casa y los conductores la miraban de arriba abajo. Seguro el pordiosero se dio cuenta.

Un día Chocolate no apareció, ni al siguiente. A la semana, la abuela ordenó:

–Mañana iremos temprano a buscarlo.

A las nueve y media, la señora grande, que difícilmente estaba lista antes de las doce, salió a la esquina. "¡Tasi... tasi... tasiii!", gritaba Aurelia. Nunca pudo pronunciar la equis. Cuando alguno le hacía la parada, sonreía seductora.

–¿Está libre?

–Para usted sí, mi reina.

El taxista nos dejó a las tres a medio llano, la abuela, Aurelia y yo. Quizá las conversaciones con el dueño de Chocolate habían ido más allá de preguntar por su salud, porque mi abuela no se arredró al descender del automóvil y un segundo después de cerrar la portezuela, empezó a llamar en ese páramo desolado:

–Chocolate, Chocolate.

El sol quemaba los ojos. Bajo su sombrero con "voilette", un velo casi invisible que envolvía los rasgos de su cara en un halo de poesía, apoyada en su bastón que termina en forma de silbato para llamar a los taxis, la abuela avanzaba y veía yo cómo el polvo iba cubriendo sus zapatos, sus piernas, el ala de su sombrero.

Preguntó en las escasas viviendas, Aurelia tras de ella.

–¿Conoce usted a un perro llamado Chocolate?

–¿El de doña Cata?

–No.

–¿Cómo es su dueño, señorita?

(A la abuela le choca que la llamen "señorita".)

–Un viejo, un pordiosero.

–Ah, entonces no.

–El perro es fuerte... ¡Ah!, pero ustedes mismos tienen una perra, ¿cómo se llama?

–Paloma, seño, y acaba de parir. Tuvo doce, mejor no la agarre porque está criando.

La gente le llegaba a la abuela a través de los perros. Una gente con perro era ya un poco perro, y por lo tanto digna de atención. Esta pareja con su perro crecía ante sus ojos; la mayoría de sus relaciones se establecían a partir de los perros.

–¿Y qué le dan a la Palomita?

–Pos tortillas, huesos...

–¿Y sus cachorros?

–Los ahogamos. Quedó una pero la Paloma no la quiere, y la verdad...

–La recogeré a mi regreso. Estará mejor conmigo.

La siguiente parada fue en la miscelánea "El Apenitas", y desde lo alto de la belleza acalorada de su rostro, la abuela preguntó al dependiente:

–¿Conoce usted a un perro llamado Chocolate?

–¡Uy, ese nombre es muy común!

–¿Ha visto a un perro grande y fuerte que responde al nombre de Chocolate? –insistió mi abuela.

–Todos los grandotes se llaman Chocolate y los chiquitos también Chocolate o Chocolatito.

La abuela repartía billetes de a peso, de a cinco, con su mano enguantada y los perros-gente se le quedaban mirando. Al final, ya desesperada empezó a gritar desde la miscelánea hacia las calles polvorientas y destrozadas.

–¡Chocolate, Chocolate, Chocolate!

–Señora, van a venir veinte perros, todos chocolate, pero ninguno será el suyo.

–Es que es un nombre muy común –repitió Aurelia, harta. (También yo me sentía fastidiada de que el nombre del perro fuera un impedimento para encontrarlo: "De haberle puesto Nabucodonosor, ya estaría aquí", deduje.) Señora ¿puedo tomar un refresco? Ya no aguanto la sé. Usted ¿no quiere un vaso de agua? Aunque no creo que aquí tengan agua... No, mi-

re, niña –Aurelia me señaló el desierto–, ni a agua llegan porque no se la han entubado... Así que un refresquito.
 –Tome usted, Aurelia –condescendió la abuela–, yo no tengo sed.
 De pronto, como si algo la iluminara, preguntó:
 –¿Y los tubos?
 Más que de convicciones, mi familia ha vivido a retacitos de instinto. Instinto femenino. El instinto es igual a la Divina Providencia.
 –¿Los tubos? Los tubos están mucho más arriba. Si camina se va a cansar. ¿Por qué no manda mejor a su muchachita? –miró el tendero en mi dirección.
 Airada, la abuela le espetó:
 –Puedo caminar perfectamente.
 Una vecina ratificó:
 –Yo he visto un perro de esas señas, pero los tubos están muy de subida.
 Levantó su brazo y al ver su sobaco negro, brillante de sudor, me turbé.
 –'Onde que aquí no hay quien la lleve, doña.
 –Yo puedo.
 No era cierto. El ascenso fue penoso. Gotas de agua salada bajaban de su frente a su labio superior. Caminamos como exploradores tanteando el suelo para no venirnos abajo. Las huellas de sus zapatos de tacón cada vez más profundas en el polvo y el agujero redondo de su bastón me dolían. "Algo malo va a sucedernos", pensé. Ahora nos seguían media docena de chiquillos curiosos que señalaban caminos donde encontrar posibles Chocolates.

* * *

Era traviesa mi abuela. Cuando invitaba a comer a Piedita Iturbe de Hohenlohe, aparecía en la mesa una hermosa fuente de cristal cortado y, en el fondo, cuatro ciruelas negras. Como éramos seis, nos quedábamos viendo la compota tratando de adivinar lo que sucedería. Las pasas flotaban, resultaba difícil sacar una de las frutas fallecidas del compotero. Yo sólo me servía la miel y, para disimular, la paseaba en el plato con la cuchara.

En la noche aclaraba: "Es para darle una lección a esa snob", sonreía mi abuela, el bullicio de su travesura a piel de labios.

* * *

–Por aquí sé de una familia que tiene un Chocolate.
–No es cierto, seño, pura mentira. Éste nomás la quiere tantear.
–Sí es verdá, seño, allá mero viven, allá tras lomita. Yo la llevo. El perro es alto, un perro bien burrote, del color del café aguado.
–Color de frijol –contradijo otro.
–¿Frijoles aguados o frijoles refritos? –preguntó un tercero.

Los chiquillos, ajenos a su imperio, la cercaban con su actitud burlona que la cansaba mucho más que la búsqueda. Cruzaban frente a ella y su voz reventaba el calor:

–¿El Chocolate? Yo ayer lo vi. Bajaba rumbo al camposanto. ¿Me da un quinto?

Al séquito se unían perros flacos, uno de ellos amarillo y enteco como el collar de limones secos contra el moquillo que alguna mano compasiva enrolló en torno a su pescuezo. El perro se sentaba sobre sus patas traseras, intentaba rascarse y en el esfuerzo se le iba el alma. Empezó a resollar lastimeramente. La abuela fue hacia él.

–¡Ni se acerque señora, se le va a echar encima y la va a morder!
–¡Está tísico!
–¡Muerde, ese perro muerde!
–¡Señora, cuidado!

La abuela levantó el perro en sus brazos y por primera vez los niños guardaron silencio. Le abrió el hocico. Alrededor de sus ojos, lagañas negras endurecidas formaban costras de piedra. El perro recargó su pobre cara sobre su hombro y yo miré a la gente con orgullo. Sí, es mi abuela, quería decirles, ésa es mi abuela. Basta con que ella vaya hacia ellos con sus brazos tendidos para que los animales se le entreguen. Inmediatamente adivinan sus buenas intenciones.

–¿De quién es este perro?

–No sabemos.

–No debe venir de lejos porque está demasiado enfermo para caminar. Si no es de nadie, me lo llevaré.

La abuela siempre preguntaba si los perros eran de alguien como si los perros callejeros fueran el más preciado de los bienes.

–¿No es de nadie? –insistía.

Un niño aventuró:

–Sí, del gobierno.

–Todos los perros de la calle son del gobierno –enfatizó otro.

Ya para entonces Aurelia, exhausta, porque además tiene una pierna más corta que la otra, buscaba otro tendajón. Lo vio y ya sin permiso pidió una Chaparrita, como ella, y le preguntó al dependiente:

–Usted, de casualidad, ¿no sabe de un perro café que anda con un barrendero o un pordiosero, sepa Dios qué será ese hombre?

–Pos no, pero puede que doña Matilde sepa, porque ella les vende comida a los pepenadores.

–¿Y dónde está la señora Matilde?

–Pos aquí a la vuelta.

–¿Tras lomita? –preguntó desconfiada Aurelia–. Es que llevamos dos horas buscando al condenado animal.

Doña Matilde parecía una olla de barro. Con razón daba de comer.

–Don Loreto tiene un perrito de esas señas.

–¿Y dónde vive?

–¿Cómo? –rió Matilde.

–Sí, ¿cuál es su casa?

–¿Cuál casa? ¿Qué casa va a alcanzar don Loretito? Vive en uno de esos tubos grandotes del drenaje que dejaron tirados en el llano.

Por fin, al vislumbrar lo que creyó ser un tubo y ante la posibilidad de encontrar al Chocolate, la abuela se desembarazó del Amarillo en la última miscelánea:

–¿Podemos dejárselo un momento mientras vamos a los tubos? –señaló al Amarillo.

–Sí cómo no, lo que se les ofrezca. Al cabo de aquí el perro no se mueve, anda mal.

Los tubos habían quedado en la cima de la montaña. Los niños también gritaban sin hacer caso de las órdenes de la abuela: "¡Cállense, niños, váyanse, niños!", y ahora caminábamos en medio de una aridez violenta que hacía que los ojos ardieran, ya ni siquiera había chozas de cartón con techos de asbestolit; la abuela, a pesar de su fortaleza física, tomaba aire con su nariz afilada igualita a la de Beatriz d'Este y miraba hacia el desbarrancadero. De nuevo emprendía la escalada y su cuerpo parecía ser su voluntad. Ya cerca de los tubos, empezó a gritar con la voz agrietada por la sequedad y la esperanza:

–Chocolate, Chocolate, Chocolate.

No sé de dónde le salió tanta voz.

Nada se movió. Los niños corrieron hacia la acrópolis convertida en tubos. La voz cada vez más ajada los guiaba: "Chocolate, Chocolate". Un único fresno joven y escuálido crecía en la cima.

–Antes había muchos encinos pero los cortaron porque en Santa Fe van a poner un Seguro Social.

Aurelia de plano renqueaba. Ya no había miscelánea; tendría que esperar para tomarse el tercer refresco. Todo esto le parecía largo e inútil. Arriba nos desafiaban aros de concreto tan grandes que a través de ellos podía verse el cielo; de entre los tubos surgió el perro café. Inmediatamente nos reconoció y vino hacia la abuela con la misma donosura que en la esquina de Morena y Gabriel Mancera. Ésta lo tomó entre sus brazos a pesar de lo grande, y se dispuso a bajar la cuesta con su trofeo.

–Camina tú mejor, Chocolatito, nos vamos a casa.

Pero el Chocolate no dio un paso, se limitó a mover la cola desaforadamente:

—Mire usted, señora, está llorando. Vente Chocolatito, anda —intervino Aurelia.

El perro sólo se puso a ladrar como quien llora.

—¿Qué te pasa? —se exasperó la abuela—. Vámonos.

—Está engreído con su dueño —gritó Aurelia.

La abuela recordó al viejo y volvió los ojos hacia los gigantescos túneles abandonados.

—Hay que pedírselo al pordiosero —indicó Aurelia.

Me armé de valor para entrar en uno de ellos y a los cinco pasos vi en su interior una forma acuclillada, un montón de trapos y periódicos, un cúmulo de miseria, coronado por un sombrero de fieltro. El tubo apestaba a orines y excrementos, pero seguí avanzando, mientras el corazón me latía con fuerza.

Dentro del tubo, mi voz resonó con un gran eco:

—Hemos venido por el Chocolate.

Salí a gatas y encontré a mi mamá grande, más roja que un camarón, los ojos clavados en el túnel de concreto.

Me lanzó una de sus miradas bálsamo y nos quedamos una frente a otra, agradecidas. Aurelia nos espiaba con sus ojos de lince.

—Vente, Chocolate, vámonos.

El perro de nuestras penurias no dio una sola señal de entendimiento, no ladró ni movió la cola. Sólo cuando la abuela dijo: "Chocolate" en tono lastimero, pareció dudar.

No sé cómo entendió mi abuela que el Chocolate no se iría sin su amo, porque un minuto después ordenó al montón de trapos que parpadeaba bajo el sol:

—Véngase, venga usted también.

El viejo tardó mucho en reaccionar; entre tanto, la abuela perdió su voz de mando y su tono se hizo solícito, apremiante. Los papeles habían cambiado, ahora era el viejo el que tenía algo que dar y se había hecho inaccesible. Parecía que hubiera colgado un letrero encima del cascarón del tubo: "No molestar".

—El Chocolate no puede quedarse aquí, compréndalo, va a morirse —alegaba.

Fragmentos de frases, palabras sueltas: "no hay que ser egoísta", "déle una oportunidad a su perro", "¿qué tiene usted que ofrecerle?", resonaban en mis oídos.

Por toda respuesta el viejo se levantó y empezó a meter mano dentro de sus tiliches. "Espere a que recoja mis cosas."

–¿Qué cosas? Yo no veo más que porquería.

(A la abuela la rodeaba un montón de gente desarrapada y silenciosa.)

En silencio también, bajamos la cuesta, pero la abuela puntual se detuvo frente al tendajón y gritó para que la oyeran adentro:

–Vengo por el Amarillo.

También recogimos a la cachorrita roñosa y malquerida en la miscelánea, ya para llegar a la carretera, un taxi apareció en medio del polvo.

Al verlo, con un súbito vigor, el viejo se enderezó y con más vigor aún se sentó al lado del chofer. La abuela cubrió a Chocolate con su capa, acomodó a la perrita en el suelo y Aurelia y yo nos empequeñecimos a pesar de que el Amarillo ocupaba cada vez menos espacio.

* * *

Es así como me hice a los dieciséis años de un nuevo abuelo. Como jamás conocí al mío, habría podido serlo, aunque no jugara golf ni bridge ni se vistiera en Harrods de Londres, ni hiciera cuentas desoladas porque había perdido sus haciendas.

Aurelia y Cruz los bañaron. El Chocolate no costó trabajo, la hija de la Paloma tampoco, el Amarillo se fue limpio al cielo de los perros. Al viejo lo metieron a la tina a remojar. Después hubo que vestirlo, y la abuela proporcionó las camisas de su difunto marido, los cuellos duros de Doucet Jeune et fils, la camisa mil rayas, el saco de tweed, el pantalón de casimir gris Oxford, las mancuernillas de Ortega, la corbata de seda de Cifonelli. Todo le quedó pintado. Nunca imaginamos que fuera así de alto, él que siempre andaba encorvado.

Su pescuezo delgado escapaba del cuello y la corbata le fluía como un arroyo. Se dejó vestir sin pestañear.

–Lo único que me ha pedido son unos cigarros que se llaman "Faritos" y se compran tras de catedral –me advirtió mi mamá grande.

Fui por los Faritos. El viejo los fumaba después de comer, meciéndose bajo el sabino que daba mejor sombra. Se veía más contento que Chocolate, víctima de la envidia de los otros.

Al pobre cuerpo llagado del Amarillo lo cargué para enterrarlo.

* * *

Mi abuela fue una joven viuda de velos negros y profundo escote blanco. Tomó muchos trenes y descendió en Karlsbad, en Marienbad, en Vichy, en Termoli, para la cura de aguas. Viajaba con sus propias sábanas y su samovar. Le decían "la madonna de los sleepings". Ya cuando no pudo ser pasajera volvió a casarse, muy tarde, al cuarto para las doce. Un mediodía confirmó:

–Créeme, está uno mucho mejor sola.

A partir de entonces se aficionó a los perros.

* * *

Mamá también los amó. Para mí, la de la tercera generación, el amor es un perro que mueve la cola y viene a darme la bienvenida.

* * *

Ser perro tiene sus ventajas y lo he comprobado en infinidad de ocasiones. A mi abuela le inspiré confianza porque tengo ojos de perro fiel. Fui la Tití, la Cucú, la Didí, la rorra, la Nenita, la Nenuchka, la chiquitita, la petite fleur, la que hace caquitas de chivo redondas que caen ploc, ploc, ploc, en el agua transparente del excusado, la que canta al subir la escalera, la rayito de sol. Decía que mi nariz era de perro sano y siempre tuve la frente y las nalgas frescas. Ella permitía que la lamieran, aunque reía y escondía su boca si intentaban besarla, pero a mí me gustó que me besaran sobre todo los gatos por su lengua rasposita. ¡Ah, el color de la lengua gatuna, rosa, concha de mar, íntima!

Ser perro también me ayudó a asumir a los hombres tal y como son, en toda su galanura, en toda su desventura, sin tenerles asco; los perros me enseñaron a aceptar sus humores, su mierda, sus colmillos encajados a traición. Los tomé en brazos como mi abuela y a los que no amé les he pedido perdón. Aún veo a Chocolate bailar frente a mi abuela como ningún hombre lo hizo jamás frente a mí, salvo uno que un día saltó la reja de mi casa y logró que mi voluntad oscilara entre él y el danzante callejero que un día llenó la calle con las mil patas de su seducción.

Dicen que la infancia y la adolescencia regresan cuando uno va a morir. Recuerdo ahora con frecuencia mis años perros, mis días perros, mi paraíso perruno oloroso a carne de caballo hervida en peroles para el rancho del mediodía. Rememoro también un rito nocturno que siempre me alteró porque, ya desnuda, a la luz de una lámpara diminuta, mi abuela hacía girar su camisón y buscaba detenidamente, no sólo sobre su cuerpo sino en los pliegues y holanes de la seda, al temible enemigo: la pulga. Esa inspección podía durar media hora. O más. En la oscuridad, la blancura de su cuerpo enceguecía, pero no tanto como para que yo no descubriera sus senos de pura leche, sus muslos, dos hostias que levantaba en la penumbra, sus brazos de concha nácar y sus manos que hurgaban al acecho del diminuto insecto negro. Era mi doña Blanca, y aunque no sabía aún lo que significaba, yo era su Jicotillo. Desde entonces nunca he podido oír la ronda infantil sin pensar en los pilares que debí haber abatido para llegar hasta ella, y añoro a la pulga, casi invisible, que podía brincar de un momento a otro hasta el techo o venir a caer sobre el triángulo negro de mi propio sexo en cuyo bosque frondoso no la hallaría yo jamás.

Aunque no he vuelto a encontrar a alguien o a algo que sustituya esa turbación nocturna en la que la abuela me inició sin saberlo, una sola tarde creí que se repetiría el ritual incitante y misterioso cuando un amante me dijo: "Pareces pulga".

Desde que mi abuela murió no ha vuelto a picarme pulga alguna, pero colecciono pulgas vestidas en recuerdo de esa mujer blanca con un puntito negro que le chupaba la sangre y que yo amé con toda la fuerza de mis dieciséis años. Me hizo descubrir una sensualidad que el Marqués de Sade habría incluido en alguno de sus tratados de la virtud.

Coatlicue

—En vez de tirar los gusanos, esa mujer los amontona en una lata y les habla –Miguelina señaló a la jardinera–. Qué asco ¿no, señora?, una lata de gusanos.
 –¿Para qué los quiere? No se comen.
 –Lo mismo le pregunté y me respondió de mal modo que a lo mejor se hace una falda.
 Lo primero que vi fueron sus encías rojísimas, como anchas rebanadas de sandía. Pensé: "Tiene boca de mandril", pero cuando me avisó: "Soy la nueva jardinera ¿me deja guardar aquí mi escoba y mi podadora?" sus ojos pesaron en los míos y le dije que sí. ¿Por qué pensaría en mí antes que en los demás vecinos? Nunca lo he sabido y ahora es demasiado tarde para averiguarlo.
 Ella y sus instrumentos entraban y salían de mi casa. Miguelina le ofreció un café, la jardinera lo llevó a la calle y devolvió el pocillo. Semanas después, Miguelina le dijo que pasara a tomárselo: "Un descansito no le viene mal, usted no para en toda la mañana". En la mesa de la cocina, al verla inclinada sobre el café negro, sus encías me parecieron aún más desagradables. Pero Miguelina, recién llegada del pueblo, necesitaba compañía. Yo era la señora, la patrona, en cambio la Coatlicue podía ser la confidente, quizá la cómplice.
 Ya entraba a la casa con risueña confianza y a mí me parecía oír el lamento de lejanas chirimías. Afuera, barría el jardín del mundo, arrasaba con la basura y con los brotes tiernos, las flores poco firmes. Para ella nada era estable, todo se movía, incluso lo pasado. Yo, que guardo en una caja los pétalos muertos de las rosas y pongo un ramito de lavanda entre las sábanas, miraba sus podas y barridas tras el vidrio de la ventana.
 Como mi casa es pequeña, la agrando con espejos. La jar-

dinera se encandiló con ellos aunque la reflejaban precisamente a ella. Más que su rostro o su cuerpo, el espejo proyectaba su desasosiego, una inquietud casi dolorosa. "O está enferma o quizá loca", pensé. Miguelina, hipnotizada, le regaló los aretes que yo le había dado. El brillo del oro pareció cambiarla; hasta su uniforme anaranjado dejó de ser burdo para volverla a ella de oro rojo. Estoy segura de que esa entrega al espejo la resarcía de la sordidez del cuarto alquilado en el que vivía, criadero de ratas y alacranes, el retrete compartido, el fragmento de espejo roto recargado en la pared, el clavo que no detiene nada, las latas de Mobil Oil, la palangana desportillada, los jirones de vida allí atorados como jergas ya inservibles.

A veces la jardinera encontraba cosas en el parque, a poca profundidad, y en agradecimiento me las traía. Ya no se diga huesos de perro o de gato sino cucharas, e incluso una vez una batidora eléctrica en buen estado. "Voy a enrasar la tierra para que el pasto crezca parejito", advertía. A mí me asombraba su afán por nivelar. "Si no, entre chipotes y hoyancos los rosales no se dan." Yo era más modesta y por mi gusto habría sembrado chinitos o maravillas, pero ella quería rosales. Le expliqué que preferiría flores más sencillas. Me miró con franco desprecio. "¿Por qué? Todos los vecinos de esta plaza pueden darse el lujo de unos rosales. Los chinitos déjemelos a mí."

Alguna tarde, la Coatlicue vino a decirme que tres de sus compañeros barrenderos del Centro Histórico hallaron una piedra de gran formato, anterior a la Conquista, y el regente ordenó enviarla a la Universidad, para que fuera medida y pesada con el propósito de darla a conocer. "Se trata de una diosa descuartizada, los puros tronquitos de las piernas y unos bracitos apenitas; su hermano la dejó así pero la van a componer", me explicó de bulto.

Miguelina iba dejando caer informes sobre la Coatlicue. "Renta un cuartito en Iztapalapa", "ya sus hijos están grandes y se casaron, son muchos, como cuatrocientos", "cobra por quincena, ¿usted no podría pagarme por quincena también?", "es buena gente, me prestó cien pesos", "¿y cuándo piensas pagarle?", "dice Cuatli que no corre prisa". ¿Tanto ganaría una jardinera del Departamento del Distrito Federal? "Va a hacer un mole de olla, el domingo, por eso no voy a ir a mi casa." "Miguelina, tu mamá te espera, está enferma." "Cuatli dice que mi jefa se va a poner buena, no hay pedo." "¿No hay qué?" "Bronca, pedo, tos, problema pues..."

Una mañana las vi salir abrazadas y sentí envidia de Miguelina. ¿De dónde sacaba imperio esa mujer grotesca? Al día siguiente encontré repleto mi bote de basura y Miguelina explicó:

–Es de Cuatli, se la voy a tirar mañana.

–¿Por qué no la tiró ella?

–Voy a hacerle el favor, al cabo que nosotras sacamos re poquita.

En la despensa también vi comestibles nuevos:

–Se los estoy guardando para cuando se los pueda llevar a su casa.

–¿Ah sí? ¿No le estarás planchando su ropa también? –ironicé.

–No, pero ayer se la lavé.

En la mañana fui yo quien salió a abrir la puerta cuando sonó el timbre. Era ella, quien de inmediato enseñó sus encías escarlatas.

–Oiga Coatlicue –quise decirle...

–Gracias por todas sus bondades, señora –me atajó–, qué bueno que hace usted algo por los de abajo.

Se adelantó hacia mí y me di cuenta que yo también había ido hacia ella impulsada por un magnetismo irresistible. En unos cuantos segundos sentí que me besaba el pelo y la frente y se habría seguido hasta mi hombro si la dejo. Su aliento en mi cuello me excitó. Qué experiencia tan misteriosa, qué sorprendente mi propia naturaleza. ¿Qué diablos me pasaba? "Esta mujer me está hechizando, ahora es mi turno." Pensé en Miguelina, yo temblaba, me faltaba el aliento, y ella se daba cuenta porque sus encías también palpitaban junto a mi piel. Esta jardinera repulsiva se mantenía impávida a escasos diez centímetros de mi persona, olía a sangre y nada ni nadie me había intranquilizado tanto como ella. A pesar de lo inesperado de mi situación, me mantenía sin pestañear bajo su escrutinio.

* * *

Mi casa es sólida y lógica, porque soy una mujer práctica que no se anda con contemplaciones. Vivo al día, de frente a la realidad. Hago lo que me toca hacer. Cumplo. Sin embargo, la presencia matutina de la Coatlicue cambió mi modo de apreciar la casa: me pareció pequeña, accidental, prescindible, bajo un cielo cada vez más alto y amplio en el que parecía caber sólo un pájaro que ascendía. Entonces lo intuí. Desde que la Coatlicue había entrado en nuestras vidas, los pájaros ya no cantaban al amanecer. Todos nuestros sentimientos, todas nuestras sensaciones nos erizaban la piel. Como el pájaro en el cielo, empezó a ascender la temperatura de nuestras emociones, vivíamos al rojo vivo como sus encías. Yo, que raramente perdía el control e incluso tengo que hacer un esfuerzo para enojarme (y entonces siento como si estuviera actuando), ahora hervía al menor contacto de una mano encima de la mía, miraba tras de mí y me sobresaltaba de no encontrar a mi perseguidor.

Perdía pie, perdía mi sólida confianza, descubría en los rincones cosas que jamás había visto antes. Una piedrita verde jade amaneció en el borde de la ventana. Miguelina dijo: "Antes no estaba". A punto de conciliar el sueño, una pluma cayó sobre mis labios. Prendí la luz. La pluma también era verde y no provenía de la almohada. Al día siguiente, le pregunté a Miguelina por el alto plumero de limpiar plafones. "Son de gallina negra", informó. Todas mis ideas se hicieron no verdes (ojalá y eso hubiera pasado) sino endebles, como la pluma.

La fiebre se posesionó de mi cerebro, de mis manos. Iniciaba tareas que inmediatamente canjeaba por otras, decidía que salir era imperativo pero volvía a sentarme exhausta; llevaba en la mano llaves, las perdía, y aparecían en el sitio más inverosímil; se me rompían las uñas; sin motivo rodaban lagrimones de mis ojos; recibía un mensaje telefónico urgente, me disponía a responder y se borraba de mi memoria. ¿Qué alimaña ponzoñosa me había picado? Algo hermosamente repugnante nacía dentro de mí, como un arbolito de roja fiereza que no podía bosquejar ni definir.

Miguelina crecía ante mis ojos al contarme lo que sabía de Coatlicue. Empecé a creer más en sus cuentos que en mi propia cordura. Su confidente había trabajado en Catedral, pero no en la de ahora, sino en el templo mayor de antes. También allí barría plaza y escalinatas, cuando vio caer del cielo una bolita de plumas, muy suavecita, la metió entre sus dos pechos. Al buscarla, supo que estaba embarazada. Oyendo a Miguelina recordé la nocturna pluma verde sobre mis labios. La coincidencia me atemorizó. No creo en concepciones inmaculadas, pero de inmediato me llevé las manos al bajo vientre para protegerlo.

–Yo por mí los mataba a todos –oí una mañana a la jardinera decirle a Miguelina y las interrumpí.

–¿A quiénes mataría?

–A mis hijos.

–¿Cómo puede decir semejante salvajada?

–Los parí. Son míos. Puedo matarlos cuando quiera. Todos los paridos tenemos que morir.

Sus ojos brillaban rojos en la penumbra.

Quise tranquilizarme. Las conversaciones entre la jardinera y mi muchacha, provenían de una mentalidad prelógica, anterior a mi cartesianismo. Al mismo tiempo, había en ellas algo terrible que evidenciaba mis propias limitaciones, yo estaba incapacitada para lo sobrenatural. Lo que yo escuchaba adquiría un aspecto bestial e inesperado porque lo asimilaba mi status burgués, mi desarraigo, yo, descendiente de catedrales medievales y santos de cantera. Alguna vez había declarado que lo prehispánico me era ajeno. "Las catedrales europeas tienen gárgolas, nadie sabe quiénes las esculpieron, a lo mejor eran locos o criminales", alegó Luis. "Sí, pero puedo reconocerme en ellas –respondí acremente–, en cambio nada tengo que ver con Huitzilopoztli." "¿Acaso sabes tú, Marcela, lo que sucedió mil años antes de Jesucristo, tres mil años antes de la Conquista en 1521? ¡Vamos, Marcela, no nos vengas con tu superioridad europeizante, porque ya ni francesa eres. Tu tradición quedó enterrada en los Campos Elíseos!"

Aunque Luis era el más obsesivo creador de rutinas que pueda concebirse, era mi gran amigo. Recurría a él tanto a principio de año para pagar el predial como a fin de año para saber qué marca de automóvil comprar. "¿Qué haría sin ti?", inquiría yo y él se inclinaba halagado. Habíamos sido amantes, pero un día dejamos de serlo sin gritos ni aspavientos. Él era un solitario, la compañía de sus libros le bastaba. Seguramente pensó que la ruptura lo hacía ganar tiempo para su trabajo. "Los asuntos del corazón se comen las horas", lo escuché decir alguna vez. Para mí fue tan fácil dejar de verlo como ir a poner una carta al correo, creo que más porque él no puso ninguna objeción. Desde entonces nos veíamos con gusto porque compartíamos la misma afición: la historia. Tampoco él me extrañaba porque su última obra lo absorbía, pero yo siempre podía acudir a su buen sentido y respondía con la misma sonrisa un poco desencantada a la más peregrina de mis demandas. En realidad yo lo cansaba con mi fogosidad y mi entrega a causas en las que él no creía. "Estamos envueltos en grandes diseños que no manejamos, es a lo único que pertenecemos, no te agites tanto, Marcela." Mi vida sin él adquirió otro ritmo, hasta recuperé ímpetus olvidados, volví a los baños de multitud, asistí a las manifestaciones de protesta, caminé del Ángel al Zócalo, me "involucré" (¡horrible palabra, según Luis!), pero ahora, desde la aparición de la Coatlicue, me disgustaba lo que yo era, insegura, echada a un lado, llena de furia sorda contra Miguelina y la jardinera. Al mismo tiempo, el deseo inmenso de tomar a la jardinera en mis brazos, desplazar a Miguelina, me atosigaba de día y de noche. Qué fácil dejarse vencer y escoger algo opuesto a mi vida entera. Me atemorizaba mi propia dualidad porque sospechaba, para colmo, que Coatlicue me sitiaba, subía subrepticiamente a hurgar entre mis cosas, sabía exactamente dónde encontrarlas, cuando yo jamás le había dado acceso a mi intimidad. Yo tenía el poder de correrla y lo único que deseaba era cuidarla hasta el final de sus días; pero a lo mejor esto no sucedería, a lo mejor se voltearían los papeles y ella me despediría a mí de la vida, me pondría de patitas en la calle de la Amargura. ¿No estaba ya adueñándose de la casa? ¿Y de la mente de Miguelina?

* * *

Volvió a imponerse al llevarme un domingo a una fiesta de pueblo. Le pedí a Luis que me acompañara no sin comunicarle mis agravios contra Coatl. "Tú le abriste la puerta, tú te buscaste el problema. Pero tengo curiosidad de conocer a tu nueva torturadora." Durante el trayecto volvió a decirme irónico: "A ver qué precio pagas por este error". "¿Qué error?" "El de la Coatlicue." "¿Ah sí? ¿Y qué otros errores he cometido?" "El de dejarme, por ejemplo", respondió con una sonrisa y su simpatía le quitó importancia a sus palabras.

A la hora, llegamos a un baldío en el que ni siquiera vi un huizache y sí postes improvisados y una estruendosa sinfonola. Muchos hombres esperaban a las mujeres rascándose las verijas recargados en esos postes de concreto. Entre ellos, Miguelina reía tontamente tapándose la boca. La Coatlicue, diligente, atendía las mesas en las que había pilas y pilas de tortillas. "Se van a enfriar", pensé. Corrían ríos de pulque curado de apio, curado de fresa, curado de guayaba, curado de ajo, o sea de ajodido, explicó la Coatlicue, porque se acabó el dinero. Tomé del de guayaba porque el olor de la guayaba va más allá del asco, y tragué rápidamente la baba nauseabunda. Al primero siguió un segundo vaso. Desde mi embriaguez noté que los cubiertos se convertían en un río de cuchillos como en el mural de Orozco. Busqué los ojos de Luis. Tenía buena relación con sus compañeros de mesa, me hizo un gesto amistoso con la mano. La sinfonola tocaba y todos empezaron a corear meciéndose de un lado a otro.

Para mí, sólo para mí, en mi "merititito honor", así lo anunció la Coatlicue, bailaría la danza del parto y se abrió de piernas acuclillándose como si fuera a orinar para luego ponerse de pie y mirarnos desafiante, pétrea, obscena. Segundos después inició su danza, en un trance, que fue contagiando a todos. Miguelina estaba irreconocible. La tierra misma me pareció más oscura; un gigantesco asteroide la había golpeado. También yo sacudía mi humanidad, éramos meteoros, me dolían atrozmente los huesos, las sienes a punto de estallar.

Vi entonces venir hacia mí un monolito decapitado, sin manos. Dos cabezas de serpiente que se amenazaban la una a la otra con los colmillos y varios chorros de sangre se desenroscaban como torcidas venas, caían en arroyos rojos sobre su torso. También de sus muñecas salían serpientes. Di un salto atrás. De su cintura hasta sus pies se movía un enjambre de serpientes ondulantes en torno a sus piernas de piedra negra. Otras serpientes salían de entre sus muslos. Los enormes pies tenían garras de ave de rapiña. El monolito, verdugo y víctima a la vez, no me perdía de vista, y ante mi espanto, por sus ojos pasó una sonrisa. Insinuante, víbora de sí misma, por poco tira la mesa.

–Por el sudor de las piedras y el alma de mis cuatrocientos hijos –dijo la Coatlicue, echando sangre por los ojos– vas a bailar conmigo.

Miguelina no estaba en ninguna parte. "¡Luis! –grité– ¡Luis!", pero nadie reaccionó. ¿Lo habrían matado antes que a mí? Luis, el servicial, el buena gente, Luis, ¿por qué no estás a mi lado? Me levanté, no era cuestión de huir o dar un paso en falso. Sentí que caía en una grieta. Ni un solo rayo de luz. De la mano de la Coatlicue, sucia de sangre, llegué hasta el centro de la tierra: "Diariamente devoro al sol, lo meto en mi vientre para parirlo de nuevo al día siguiente –la escuché decir–. Lo mismo hago con la luna y con todo cuanto existe. Tú también puedes hacerlo si no sueltas mi mano". "Yo no quiero parir –protesté– ni bajar más." "Te mostraré los trece cielos." Alcancé a pensar en Orfeo y Eurídice y en ese momento empecé a temblar.

La música de las chirimías, los teponaxtles, era cada vez más violenta y sanguinaria, los troncos ahuecados retumbaban en mis sienes. ¿Por qué había bebido ese maldito pulque? ¿O me habría envenenado la Coatlicue? Tenía que escapar y la única manera de hacerlo era usando mis piernas. Tenía el cuerpo cortado, me dolían las rodillas, los brazos a la altura de los codos, la espalda, un temblor inequívoco surgía de adentro. Escuché una oleada de carcajadas. ¿Qué estaba yo esperando? Seguramente toda la concurrencia veía mis desfiguros. Conseguí deslizar mi mano fuera de la de Coatlicue y eché a correr.

Cuando ya no escuché risas ni voces humanas ni el horrible sonido de las chirimías, caminé a buen paso. ¡Qué bueno que he caminado toda la vida! El pulque me hacía tropezar con las piedras, pero no disminuí la velocidad. La Coatlicue podía alcanzarme con su escoba de varas. Mi terror me volvía ciega y sorda y casi no veía el paisaje, aunque después de una buena hora me di cuenta que hierbas de un verde sucio, opacas y duras crecían entre mis pisadas. ¿O serían líquenes como en el principio del mundo? Mis pensamientos también avanzaban rápidamente. Iban y venían en un continuo clamor. Dialogaba con Luis, con mi madre, con mis amigos, intentaba explicarme lo que estaba yo haciendo, caminar, pero ¿a dónde? Reconstruía el pasado desde que llegué a México. ¿Por qué no permanecí al lado de Luis? Pendeja, pinche pendeja –me injurié.

Poco a poco mis ideas perdieron fuerza y se hizo el vacío. Seguí caminando aprisa y ahora sí empecé a sentir que un sudor frío corría por mi espalda, entre mis pechos. Era del ejercicio pero también del miedo. Había yo tomado algún camino, pero ¿cuál? Seguro el bueno de Luis me había seguido y me alcanzaría en algún recodo. Hasta me pareció oír su voz: "¡Marcela, Marcela! ¿Te has vuelto loca?" Me detuve un momento. Era mejor regresar pero en la tierra seca no aparecía un sendero. Empezaba a oscurecer y allá en el horizonte noté la luz diminuta de la primera estrella. "Va a caer la noche y yo en esta llanura. Tengo que encontrarme." Quise ahuyentar el miedo, abrí la boca para cantar: "Guadalajara en un llano, México en una laguna", pero de mi boca no salió sonido. ¿Tanto así me había paralizado el miedo? Entonces dije: "Mamá", en voz alta y pude escuchar mi voz. Vaya, no quedé muda. Nadie en el horizonte, ni un perro flaco, nada. De pronto un zopilote bajó en círculos desde la altura sobre algún animal muerto. "Eso me va a pasar a mí." El zopilote desapareció y lo extrañé. La luz en torno a mí estaba volviéndose morada, "Guadalajara en un llano, México en una laguna". La idea de la persecución de la Coatlicue se había borrado ya de mi mente, pero también la razón por la cual me encontraba yo caminando.

Por fin, distinguí un mezquite, silueta de varas en la oscuridad. Lo agradecí como don del cielo y me acerqué a él. Tenía la boca muy seca y recordé que el alcohol siempre provoca una sed enorme. Me limpié con la manga el sudor de la frente y pensé con pena que orinaría a la sombra del mezquite. Pero ¿quién podía verme si no había un alma? Debía yo de estar muy lejos, pero ¿dónde? No creía que existieran las fuerzas del mal, pero ahora mi piel se erizaba ante la presencia de espíritus que querían destruirme. Era yo una intrusa y me lo iban a cobrar. Las peñas, la tierra, las piedras rechazaban todo lo humano. "Quieren acabar conmigo." Y entonces me caí. Era fácil caerse en esta oscuridad pero me enojé conmigo misma.

En ese momento vi unas tiras plateadas brillar en el suelo con una luz verdosa, y me alegré porque pisaba suavecito, suavecito. Debería descansar aquí un momento, pero no, ya lo haría en mi cama frente al ventanal que da al Parque Hundido. Entonces empecé a sentir que mis zapatos se hundían y escuché el splash, splash de mis pasos en el fango.

Quise retroceder y mi pie izquierdo desapareció hasta el tobillo. Lo liberé como pude y moví el derecho que también se perdió en el lodo. El aire ahora olía a humedad y me maldije por no haberlo percibido antes. O quizá rechacé el olor porque me pareció feo. No tengo una sola experiencia del campo, soy una mujer de libros, imposible adivinar cuándo la tierra seca se vuelve lodo. No podía ni retroceder ni avanzar y me estaba hundiendo.

Traté de empujarme con los brazos pero sólo logré que el lodo llegara a mis pantorrillas. Intenté zafar primero una pierna, luego la otra, dejar los zapatos allá adentro y salir livianita sobre la punta de los pies. Los zapatos con agujetas pesaban y me jalaban. Me atenazó el pánico. El lodo subía ahora por encima de las rodillas y podía escuchar el mismo splash, splash, splash. De haberme quedado bajo el mezquite, no estaría en peligro, pero tuve miedo a la inmovilidad, a la gran noche y sus silencios. "¡Auxilio, auxiliooo!" Mi grito hizo que me hundiera otro poco. "¡Mamá!", grité, "¡Mamáaaa!", yo no merecía esta muerte, "¡Mamá, sálvame!" Lo único que podía hacer era gritar mientras me hundía. Mi voz se oía clara en la inmensidad. "¡Mamá, mamá, mamáaaa!" Mucho antes, mi abuela había llamado a su madre a la hora de la muerte y a mi propia madre le oí el grito más terrible que he escuchado jamás, cuando murió de veintiún años mi único hermano, un grito que la partió, grito cuchillo, grito final. Desde ese día ya no sería sino ese grito.

No es justo, me rebelé, no merezco morir así, no he hecho nada contra nadie, si acaso contra mí misma, mamáaa, sollozaba yo, y sin más hice lo único que no debía hacer, doblar las rodillas e hincarme. Si rezaba me salvaría, moqueaba, las lágrimas me impedían levantar la vista al cielo para buscar a Dios. De tanto luchar tenía los brazos cubiertos de lodo, la cara salpicada de lodo, las manos enlodadas, la razón enlodada. Si es que alguna vez fui yo, ya no recordaba quién era.

Ya no tenía más gritos adentro cuando oí el ladrido de un perro. Entonces recuperé el ánimo y volví a aullar: "¡Mamá, mamá, mamáaaa!", y en ese momento oí claramente la voz de la Coatlicue que decía apremiante, "por aquí". Las estrellas, la luz de la luna, todo daba vueltas en torno a mí. Llovía sangre. Oí otras voces y de pronto una lámpara eléctrica me iluminó. "Está aquí", volví a escuchar. Entonces Luis, que traía un palo en la mano a modo de bastón, me lo tendió y me jaló. "No te vayas a caer tú también", imploré entre sollozos. "Esto no es ningún pantano, es un mugre agujero", me sonrió, aliviado. Y empezó a jalarme hacia arriba pero ya no tenía yo fuerzas.

La Coatlicue estaba a mi lado y pensé que el pantano iba a tragarla también. "Cuidado, cuidado", grité alarmada. Dos brazos pasaron sus manos debajo de mis axilas y me sacaron con facilidad. "Está toda cagada", dijo la voz infantil de Miguelina. Había yo caído en una de esas fosas en las que se fermentan desperdicios para abonar la tierra.

–Habrías podido salir con facilidad de este ridículo agujero –murmuró Luis.

La Coatlicue y su séquito me miraban como no me gusta que me miren. Parecían decir: "¡Qué loca extranjera!" Una mujer me pasó su rebozo. "Tápese, yo después lo lavo." Aguardaban a que llegara una pick up que me llevaría al lugar de la fiesta. Los demás regresarían a pie. El baile seguía en su apogeo. "Debes estar muerta", dijo Luis, "te pasó lo mismo que a Rosario Castellanos que fue a Acapulco sin saber nadar y en Caletilla se lanzó al seno del gran monstruo líquido. Nunca supo qué hizo con ella pero se sintió arrastrada a distancias incalculables, rodeada de tiburones hambrientos. Había llegado al límite de la asfixia cuando una mano humana le sacudió el hombro preguntándole qué le pasaba. Estaba retorciéndose en la arena rodeada de un público estupefacto."

–Eres cruel, Luis, no me encajes el puñal de mi ridiculez.

–No soy más cruel de lo que tú eres contigo misma. ¿Qué necesidad tenías de salir corriendo y dejar a la Coatlicue a media pista? Tienes una imaginación calenturienta. Se llama Emma Sánchez Pérez y piensa, con toda razón, que tú deliras. Le inventas apodos. Es una buena mujer, tú le atribuyes tus fantasías.

La voz de Luis hería mis oídos. Yo había estado a punto de morir y él no sólo ponía en entredicho mi sufrimiento, sino que me hacía sentir que toda mi vida era una equivocación.

–Luis –le dije–, quiero bañarme, vámonos, llévame a mi casa aunque ensucie tu automóvil.

En el tablado, la Coatlicue y Miguelina zapateaban, la fiesta seguía en grande. Luis se despidió con simpatía de sus nuevos amigos, fue hasta la tarima a devolver el rebozo y a advertirles a la jardinera y a la muchacha que nos íbamos.

Desde lejos, como a una apestada, me dijeron adiós con la mano. El lodo sobre mi cuerpo se había secado y no respondí sino con monosílabos a los comentarios de Luis. Me estremecía de la vergüenza y la humillación. Aunque habían puesto un periódico en el asiento delantero, temía ensuciar el coche. Mi autocompasión subió a su punto más candente, pero cuando Luis dejó caer: "Han de haber pensado que todas las extranjeras están locas de remate", allí sí me entró rabia, no contra mí misma sino contra los de la fiesta. Si Luis no quería creerme, si Luis me lastimaba con tanta saña, con dejarlo de ver bastaba. "Gracias", le dije mientras él detenía la portezuela. En la regadera lloré tanto que por poco y me ahogo.

* * *

Amanecí molida y decidí mudarme y abandonar mi casa frente al Parque Hundido. Así la Coatlicue y Miguelina dejarían de torturarme. Que se fueran con Luis, los tres a la mierda. Como no quería verla ni mucho menos preguntarle a Miguelina cómo había terminado su cochina fiesta –por mí que se pudrieran todos–, decidí ir más temprano a la facultad y desayunar en la cafetería. Compré *El Universal* por su aviso de ocasión. La avenida Ámsterdam me gustaba, allí encontraría un departamento si fuese posible cercano a la casa de Juan Soriano o a la de Fernando Vallejo. Estas resoluciones me hicieron llevadera la mañana. "¿Buen fin de semana?", inquirirían los colegas. "Muy bueno, más que bueno, descubrí muchas cosas", respondí con optimismo, aunque en el fondo sabía que nunca encontraría la paz con la que solía vivir antes de la llegada de la Coatlicue.

Canarios
❖ ❖ ❖

Lo primero es la jaula, adentro dos temores amarillos, dos miedos a mi merced para añadir a los que ya traigo adentro. Respiran conmigo, ven, escuchan, estoy segura de que escuchan porque cuando pongo un disco, yerguen su pescuezo, alertas. Al amanecer, hay que destaparlos pronto, limpiar su jaula, cambiarles el agua, renovar sus alimentos terrestres. Luego viene la grama que como el berro debe conservarse en un gran pocillo de agua, si no, se seca; el alpiste, las minúsculas tinas, el palo redondito y sin astillas en forma de percha sobre el cual pueden pararse, el plátano o la manzana, lo que tenga a la mano. Nadie me ha dado a mí el palo en el que pueda parar mis miedos.

Tiemblan su temblor amarillo, hacen su cabecita para acá y para allá, frente a ellos debo ser una inmensa masa que tapa el sol, una gelatina opaca, un flan de sémola para alimentar a un gigante, alguien que ocupa un espacio desmesurado que no le corresponde. Me hacen odiar mi sombrota redondota de oso que aterroriza.

Lo que pesa es la jaula, ellos tan leves, tienen ojos de nada, un alpiste que salta, una micra de materia negra, y sin embargo lanzan miradas como dardos. No debo permitir que me intimiden.

Son perspicaces, vuelven la cabeza antes de que pueda yo hacer girar mi sebosa cabeza humana, mi blanco rostro que desde que ellos llegaron pende de un gancho de carnicería. Trato de no pensar en ellos. Ayer no estaban en mi diario trajinar, hoy puedo fingir que sigo siendo libre, pero allá está la jaula.

La primera noche, la colgué, tapada con una toalla, junto a la enorme gaviota de madera a la cual hay que quitarle el polvo porque a todos se nos olvida hacerla volar. La segunda noche, busqué otro sitio. El gato acecha, se tensa; alarga el pescuezo, todo el día permanece alambre de sí mismo, su naturaleza exasperada hasta la punta de cada uno de sus pelos negros. Lo corro. Regresa. Vuelvo a correrlo. No entiende. Ya no tengo paciencia para los que no entienden.

La segunda noche, escojo mi baño, es más seguro. Tiene una buena puerta. A la hora del crepúsculo, los cubro y ellos se arrejuntan, bolita de plumas. Cuando oscurece soy yo la que no puedo entrar al baño porque si prendo la luz interrumpo su sueño. ¿Qué dirán de la inmensa mole que se lava los dientes con un estruendo de cañería? ¿Qué dirán del rugir del agua en ese jalón último del excusado? ¿Qué dirán del piyama en el que ya llevo tres días, ridículamente rosa y pachón, con parches azules? He de parecerles taxi con tablero de peluche y diamantina. Y ahora ¿qué hago? Dios mío, qué horrible es ser hombre. O mujer. Humano, vaya. Ocupar tantísimo espacio. Mil veces más que ellos. Duermo inquieta: de vez en cuando me levanto y, por una rendija, cuelo mi mano bajo la toalla para asegurarme de que allí siguen sus plumas hechas bolita, su cabecita anidada dentro de sus hombros. A diferencia mía, duermen abrazados, como amantes.

A la mañana siguiente, los devuelvo a la terraza, al sol, al aire, a la posible visita de otros pájaros. No cantan, emiten unos cuantos píos, delgadísimos, débiles, entristecidos. No les gusta la casa. A mediodía, mi hija advierte:

–Se escapó uno.

–¿Por dónde?

–Entre los barrotes de la puerta.

–¿Qué no te dije que pusieras la puerta contra la pared?

–Ninguna puerta da contra un muro, las puertas dan a la calle.

–Tendrías que haber colgado la jaula con la puerta contra la pared.

–Ay mamá, las puertas son para abrirse. Además ¿cómo voy a atenderlos? Tengo que meter la mano para cambiar su agua, darles su alpiste –responde con su voz de risa atronadora.

–Ya se fue –rememoro con tristeza.

—Pues es más listo que el que se quedó.

Como es joven, para ella morir no es una tragedia. Cuando le digo: "Partir es morir un poco", le parezco cursi. "Ay mamá, sintonízate." Algo aprendo de ella, no sé qué, pero algo. Y añado en plena derrota:

—Estos pájaros no tienen defensas; están acostumbrados a que uno les dé en el piquito.

Busco con la mirada en el jardín, no quiero encontrarlo sobre la tierra.

—¿Hacia dónde volaría? —pregunto desolada. Y añado, lúgubre—: La vida no tiene sentido.

—Claro que lo tiene —trompetea mi hija—. Es lo único que tiene sentido.

—¿Cuál?

—Tiene sentido por sí misma.

Cuando oscurece meto al canario que no supo escapar. A pesar mío, siento por él cierto desprecio; lento, torpe, perdió su oportunidad. Cobijo la jaula.

Al día siguiente lo saco a la luz en este ritual nuevo, impuesto por mi hija. "Es tu pájaro." Trato de chiflarle pero casi no puedo. Lo llamo "bonito" mientras cuelgo la jaula del clavo, un poco suspendida en el aire para que el prisionero crea que vuela. Regreso a mis quehaceres, las medias lacias sobre la silla, el fondo de ayer, el libro que no leeré, los anteojos que van a rayarse si no los guardo, qué fea es una cama sin hacer. ¿A qué amanecí? De pronto, escucho un piar vigoroso, campante, unos trinos en cascada, su canto interrumpe la languidez de la mañana. Gorjea, sus agudos arpegios llenan la terraza, la plaza de la Conchita, qué música celestial la de sus gorgoritos, es Mozart. Otros pájaros responden a sus armonías. Al menos eso creo. Es la primera vez que canta desde que llegó. ¿Es por su compañera de plumas más oscuras que atiborra el espacio de risas? Trato de no conmoverme. ¿Cómo una cosa así apenas amarillita logra alborotar un árbol? De niña, cuando tragaba alguna pepita, mamá decía: "Te va a crecer un naranjo adentro". O un manzano. La idea me emocionaba. Ahora es el canario el que me hace crecer un árbol. Resueno. Soy de madera. Su canto ha logrado desatorar algo. Es una casa triste, la mía, detenida en el tiempo, una casa de ritos monótonos, ordenadita; ahora suelta sus amarras; estoy viva, me dice, mírame, estoy viva.

Su canto logra que zarpe de mis ramas una nave diminuta, el viento que la empuja es energía pura, ahora sí, el tiempo fluye, me lanzo, hago la cama, abro los brazos, me hinco, recojo, doblo, voy, vengo, ya no puedo parar, su canto me anima a ser de otra manera, salgo a la terraza a ver si no le falta nada, camino de puntas, no quiero arriesgar esta nueva felicidad por nada del mundo, cuánto afán, lo saludo, "bonito, bonito", "gracias, gracias", "bonito, bonito", "gracias, gracias," río sola, me doy cuenta de que hace meses no reía, entre los muros el silencio canta, inauguro la casa que canta, el canario es mi corazón, tiembla amarillo, en su pecho diminuto silba la luz del alto cielo.

Fotocomposición: Maia Fernández Miret Schussheim
Impresión: Programas Educativos, S. A. de C. V.
Calz. Chabacano 65-A, 06850 México, D. F. Empresa certificada por el Instituto
Mexicano de Normalización y Certificación, A. C., bajo la norma ISO-9002:
1994/NMX-CC-04: 1995 con el número de registro RSC-048, e ISO-14001:
1996/NMX-SAA-001: 1998 IMNC con el número de registro RSAA-003.
11-VI-2003

Biblioteca Era

Hugo Achugar
  Falsas memorias. Blanca Luz Brum
Jorge Aguilar Mora
  La divina pareja. Historia y mito en Octavio Paz
  Una muerte sencilla, justa, eterna.
  Los secretos de la aurora
César Aira
  Los dos payasos
  Un episodio en la vida del pintor viajero
  Los fantasmas
  La prueba
Ernesto Alcocer
  También se llamaba Lola
Nuria Amat
  El país del alma
  Reina de América
Robert Antelme
  La especie humana
José Joaquín Blanco
  Función de medianoche
  Un chavo bien helado
  Mátame y verás
  El Castigador
  Álbum de pesadillas mexicanas
Jorge Boccanera
  Sólo venimos a soñar. La poesía de Luis Cardoza y Aragón
Federico Campbell (comp.)
  La ficción de la memoria. Juan Rulfo ante la crítica
Carmen Boullosa
  Son vacas, somos puercos
  La Milagrosa
  Llanto
Nellie Campobello
  Cartucho. Relatos de la lucha en el Norte de México
Luis Cardoza y Aragón
  Miguel
Rosario Castellanos
  Los convidados de agosto
Carlos Chimal
  Cinco del águila
  Crines. Otras lecturas de rock
  Lengua de pájaros
Will H. Corral (comp.)
  Refracción. Augusto Monterroso ante la crítica
Olivier Debroise
  Crónica de las destrucciones. In Nemiuhyantiliztlatollotl

Gilles Deleuze y Félix Guattari
  Kafka. Por una literatura menor
Christopher Domínguez
  Tiros en el concierto. Literatura mexicana del siglo V
  William Pescador
Jorge Dorantes
  Nada que ver
Jorge Esquinca
  Vena cava
Bolívar Echevarría
  La modernidad de lo barroco
Mircea Eliade
  Tratado de historia de las religiones
Jorge Fernández Granados
  El cristal
Carlos Fuentes
  Aura
  Una familia lejana
  Los días enmascarados
Eduardo Galeano
  Días y noches de amor y de guerra
Ana García Bergua
  El umbral. Travels and Adventures
  El imaginador
  Púrpura
Beatriz García-Huidobro
  Hasta ya no ir
Gabriel García Márquez
  El coronel no tiene quien le escriba
  La mala hora
Juan García Ponce
  La noche
  Teología y pornografía. Pierre Klossowski en su obra
Emilio García Riera
  México visto por el cine extranjero [6 tomos]
Jaime García Terrés
  El teatro de los acontecimientos
Francesca Gargallo
  Estar en el mundo
  La decisión del capitán
  Marcha seca
  Verano con lluvia
Juan Gelman
  Valer la pena
Luis González de Alba
  Los días y los años
Sergio González Rodríguez
  El triángulo imperfecto

Antonio Gramsci
   Cuadernos de la cárcel [6 tomos]
Hugo Hiriart
   La destrucción de todas las cosas
   Disertación sobre las telarañas
   Sobre la naturaleza de los sueños
   Cuadernos de Gofa
   Discutibles fantasmas
David Huerta
   Incurable
   El azul en la flama
Efraín Huerta
   Transa poética
Bárbara Jacobs
   Las hojas muertas
Darío Jaramillo Agudelo
   Cartas cruzadas
José Lezama Lima
   Paradiso
   Oppiano Licario
   Muerte de Narciso. Antología poética
   Diarios (1939-49 / 1956-58)
Malcolm Lowry
   Bajo el volcán
   Oscuro como la tumba donde yace mi amigo
   Piedra infernal
   Un trueno sobre el Popocatépetl
Héctor Manjarrez
   No todos los hombres son románticos
   Canciones para los que se han separado
   Pasaban en silencio nuestros dioses
   El camino de los sentimientos
   Ya casi no tengo rostro
   El otro amor de su vida
   Rainey, el asesino
José Carlos Mariátegui
   Siete ensayos de interpretación de la realidad peruana
Antonio Marimón
   Mis voces cantando
Juan Vicente Melo
   La obediencia nocturna
Segio Missana
   Movimiento falso
Carlos Monsiváis
   Días de guardar
   Amor perdido
   A ustedes les consta. Antología de la crónica en México
   Entrada libre. Crónicas de la sociedad que se organiza

Los rituales del caos
Nuevo catecismo para indios remisos
Salvador Novo. Lo marginal en el centro
Augusto Monterroso
La Oveja negra y demás fábulas
Obras completas (y otros cuentos)
Movimiento perpetuo
Lo demás es silencio
La letra e
La palabra mágica
Fabio Morábito
Alguien de lava
José Clemente Orozco
Autobiografía
Cartas a Margarita
José Emilio Pacheco
Los elementos de la noche
El reposo del fuego
No me preguntes cómo pasa el tiempo
Irás y no volverás
Islas a la deriva
Desde entonces
Los trabajos del mar
Miro la tierra
Ciudad de la memoria
El silencio de la luna
Álbum de zoología
La arena errante
Siglo pasado (desenlace)
Antología del modernismo
Aproximaciones
El viento distante
Las batallas en el desierto
La sangre de Medusa
El principio del placer
Morirás lejos
Eduardo Antonio Parra
Los límites de la noche
Tierra de nadie
Nadie los vio salir
Octavio Paz
Apariencia desnuda (La obra de Marcel Duchamp)
La hija de Rappaccini
Senel Paz
El lobo, el bosque y el hombre nuevo
Armando Pereira
Amanecer en el desierto
La escritura cómplice. Juan García Ponce ante la crítica
Las palabras perdidas

Sergio Pitol
  El desfile del amor
  Domar a la divina garza
  Vals de Mefisto
  Juegos florales
  Cuerpo presente
  La vida conyugal
  El tañido de una flauta
  El arte de la fuga
  Pasión por la trama
  El viaje
Elena Poniatowska
  Lilus Kikus
  Hasta no verte Jesús mío
  Querido Diego, te abraza Quiela
  De noche vienes
  La "Flor de Lis"
  La noche de Tlatelolco
  Fuerte es el silencio
  Nada, nadie. Las voces del temblor
  Tinísima
  Luz y luna, las lunitas
  Las siete cabritas
  Tlapalería
Nelson Reed
  La guerra de castas de Yucatán
Andrea Revueltas y Phillippe Cheron (comps.)
  Conversaciones con José Revueltas
José Revueltas
  La palabra sagrada. Antología
Silvestre Revueltas
  Silvestre Revueltas por él mismo
Julotte Roche
  Max y Leonora. Relato biográfico
José Rodríguez Feo
  Mi correspondencia con Lezama Lima
Vicente Rojo
  Diseño gráfico
  Escenarios de la memoria
María Rosas
  Tepoztlán: Crónica de desacatos y resistencia
  Plebeyas batallas. La huelga en la Universidad
Guiomar Rovira
  Mujeres de maíz
Fabiola Ruiz
  Telares
Juan Rulfo
  Antología personal
  El gallo de oro. Y otros textos para cine

James C. Scott
Los dominados y el arte de la resistencia
André Schiffrin
La edición sin editores. Las grandes corporaciones y la cultura
Sergio Schmucler
Detrás del vidrio
Pablo Soler Frost
Cartas de Tepoztlán
El misterio de los tigres
Alejandro Toledo
El imperio de las voces. Fernando del Paso ante la crítica
Lev Tolstói
Diarios. 1847-1894
Marina Tsvietáieva
Natalia Goncharova. Retrato de una pintora rusa
Gabriela Vallejo Cervantes
La verdadera historia del laberinto
Remedios Varo
Cartas, sueños y otros textos
Eduardo Vázquez Martín
Naturaleza y hechos
Hugo J. Verani
La hoguera y el viento. José Emilio Pacheco ante la crítica
José Javier Villarreal
Portuaria
Paloma Villegas
La luz oblicua
Juan Villoro
Efectos personales
Jorge Volpi
La imaginación y el poder. Una historia intelectual de 1968
Paul Westheim
Ideas fundamentales del arte prehispánico en México
Eric Wolf
Pueblos y culturas de Mesoamérica
Saúl Yurkiévich
El sentimiento del sentido
Varios autores
El oficio de escritor [Entrevistas con grandes autores]
Sergio Pitol. Los territorios del viajero